遺失的地圖

恩田陸
Onda Riku

封面攝影：『続・眠らない風景』 松本コウシ

第一話

錦糸町突擊隊

步出驗票口的瞬間，掩於髮下的左耳有種被人輕輕拉扯了兩下的感覺，真不是個好兆頭。

我忍住了想停下折返的衝動，重新揹好肩上的相機包。

出了ＪＲ錦糸町站的驗票口，有兩個出口。分別是北口和南口吧。我遲疑著不知道該走哪個出口。現在時間是平日的下午三點，轉運站的驗票口附近卻有不少行人來去匆匆，不知道從哪裡來，又要往哪裡去。

忽然右耳上的耳環被風吹得一陣晃動，我看向風吹來的方向，在往來人潮中發現了一道熟悉的身影。

對方上身是黑色Ｔ恤，下身是洗得褪了色的牛仔褲，背上揹著三腳架。

最醒目的特徵是髮型。在那健壯的體格上方，頭髮卻像女人一樣高高綰起，插在髮上的銀色髮簪剎那間發出微光。

對方也注意到了我，輕舉起手揮了揮。

步出車站大樓走上前去，城市上方是沉悶的初夏天空。暖熱的風鑽過腳邊。

逆光下男人的表情終於變得清晰。他臉上帶著乍看下分不清究竟是在笑還是在哭的曖昧笑容，每每讓我感到困惑，不明白到底是哪一種。

雖然長相算得上溫文憨厚，但偶爾臉上也會掠過難以形容的陰沉。小時候我玩過一種無趣的遊戲，只要把開了許多格子小洞的紙張疊在斑馬圖上，移動紙張後，就會出現一頭全黑的馬。每次看到遼平的臉，我就有種衝動想把手放在他臉上，再悄悄移開也許正放在那裡的有洞紙張。好像只要稍微往旁挪開，就會出現一張我從未見過的臉孔。

「今天也請多多幫忙了。」

「浩平呢？」

我沒理會他的招呼，質問他為什麼只有一個人。

遼平用眼神示意圓環角落的方向。

在遠離人群的地方，我看見了那名個子瘦小，有著小麥色肌膚的青年。他戴著紅褐色鏡框眼鏡與綠色棒球帽，朝著四面八方轉動手上的折疊式圓形反光板。

「好久不見了。」

我趨上前說，青年只是瞄了我一眼，把手搭在帽簷上嘀咕說：「工作。」

浩平是遼平的侄子，極度沉默寡言，待人也很冷漠。把手搭在帽子上是他打招呼的方式吧。光是會開口和我交談，就已經比以前進步了很多。上次見面的時候，他還是工業大學的研究生，看來是找到工作了。

「那真是恭喜了，你在哪裡上班？」

「風洞。」

「咦？」

我反問，遼平補充說明。

「他在航空公司的技術研究所上班，那裡好像會進行風洞實驗。」

「哎呀，那很適合你嘛。」

因為平常就在具體實踐類似的事情了。我從相機包的口袋裡拿出香菸，迅速點火。

「言歸正傳，這附近出現了『裂縫』是真的吧？」

「菸草屋提供的消息是這麼說的。」

遼平看向手錶。

「範圍呢？」

「錦糸公園的半徑兩公里以內。」

「那早知道應該在北口會合吧。」

「但風好像是從南口的方向吹過來。」

我們仰頭看向天空。

附近的上班族也跟著我們抬起頭，但現在既沒有下雨，也沒有任何東西在空中飛，所以他們立即失去了興趣，快步走過。

但是，我們繼續凝視著烏雲密布的天空。

遼平看得見從「裂縫」吹過來的，帶了點紅色的風的殘跡。

「三點鐘，上升氣流。」

浩平低聲咕噥。

浩平的好眼力與遼平不相上下。我曾在電視上看過風洞實驗，但不需要特地往箱子裡注入煙霧，他應該就能用肉眼看見空氣的流動。

我並不擅長觀風，所以輕輕立起自己抽的香菸。煙飄向了西南方。

今天從早開始便十分悶熱。近幾年，東京總在夏季的午後出現強陣風。站在這裡，浩平能夠清楚看見在三點鐘方向突發性出現的上升氣流吧。

「拍得到嗎？有幾個人？」

遼平看向我的相機包。

我拿出數位單眼相機，調到第七種拍攝模式。

每當雙眼要望向觀景窗，胃部就會一陣緊縮。

路上的行人來來往往，有人穿著成套西裝，有人穿著ＰＯＬＯ衫，有人是制服，有人是Ｔ恤。有中年男子和中年婦女，有年輕人和老人。綠燈亮起，公車與汽車紛紛發動前進。

偶爾會有人探頭觀望，好奇我們在拍什麼，但都市裡的人們往往不太在意他人在做什麼。只要我們三人各自拿著三腳架和反光板，他人便會自行認定我們是為了雜誌或某種活動在進行拍攝。

此刻正從觀景窗中穿梭而過的人們，恐怕作夢也想像不到我所目睹的會是這幅光景吧。

他們絕對想像不到，在大都市車站前的圓環上，竟殘留著這麼令人毛骨悚然的東西。

觀景窗中照出了腳印——變得模糊的紅色腳印。其實已經稱不上是紅色，逐漸變成了帶點粉色的灰。地面上看得出有好幾個地方是相同的腳印來回踩踏，而且踩著極不靈活的步伐向著斑馬線延伸。

當然只要視線離開了觀景窗，再望向地面就什麼也看不見。若不透過相機，絕對看不見那些腳印。還有，只要不設成第七種拍攝模式，就算有人探頭看向觀景窗，這依然只是一台普通的數位相機，什麼也看不到。

看著這些腳印，我總會想起黑澤明執導的電影《天國與地獄》。在通篇只有黑白兩色的電影中，只有一幕場景出現了粉紅色。另外也像是魯米諾反應。雖然沒有親眼見識過，只在電影和電視劇中有所耳聞，但聽說只要在殺人現場噴灑魯米諾（Luminol）化學試劑，就可以檢測出血跡。

「總之，好像只有一個人——我只看到一人份的腳印。」

我指著斑馬線低聲說，兩人走到我前面開始移動。

「真奇怪，腳印顯示他曾經在這裡徘徊。」

我低頭看著斑馬線邊緣，遼平丟來了不好笑的笑話：「在等紅綠燈嗎？」

「可能吧。」我隨口敷衍，張望四周。

「不過，車站前面的招牌居然都是競艇和賽馬，真不愧是錦糸町。」

遼平仰頭看著有馬匹在疾速奔馳的巨大招牌，喃喃說道。

「以前還流傳過ＪＲＡ（註１）的海報裡藏有暗號的都市傳說喔。」

「什麼暗號？」

「聽說海報上藏有穩贏馬票的提示，只有看得出來的人才看得出來。」

「為什麼？」

「就和祕密結社是一樣的道理吧。有些人憤世嫉俗地覺得根本只有極少數的一票人才能獲利，有些人則是希望真的存在著這種暗號。」

順便說，站前大樓進駐的清一色是個人信貸公司，景色十分壯觀，電線桿上也全是當舖的廣告傳單。

有棟格外引人注目的大樓，外型就像是巨大的水泥箱，設有場外馬票投注站，大門玄關是那棟大樓唯一的開口，門前站著警衛。

「通常那種沒有窗戶的大樓，裡頭都在處理大量的現金。」

遼平望著一一快步走進玄關的男人們低聲說。

「是呀。之前我在關西去了一間松阪牛專賣店，也是一棟沒有窗戶的大樓，入口也很狹窄，就和這裡一樣。而且還不能刷卡。結帳的時候，櫃檯窗口就只有十五公分寬。連柏青哥的贈品兌換區都能看到店員的臉了，那間店居然把櫃檯設在根本看不見店員長相的牆壁上。然後手咻——地從裡面伸出來，拿走了現金。」

「以前還有一種會伸手把錢拿走的存錢筒呢。」

向著馬路踏出一步，柏青哥、居酒屋、歌舞廳、愛情賓館等欲望產業便一字排開。所以只要中了大獎，馬上就能花天酒地。金錢就這麼地在這個地帶循環不息。

「上學的路。」

浩平難得地小聲開口說。

「這傢伙是R高中畢業的喔。學校就在那邊。」

遼平揚起下巴，示意馬路的盡頭。

「咦？學校就在這種大型風化場所隔壁嗎？」

我大吃一驚。R高中可是在東京都內排得進前三名的都立名門升學高中，我

註1：JRA，Japan Racing Association，日本中央賽馬會。

雖然知道浩平畢業於R高中，但之前並不知道學校位在哪裡。

「可以學會人生有多麼艱難，不是很好嗎？」

「至少機率理論課還能到實地查證呢。」

「真希望學校能在人生的入口就先明白告訴學生，賭博這檔事絕對贏不了莊家。尤其是國家這個大莊家。」

遼平走到轉角，環視了附近一圈。

「噢，就是那裡發生過小火。」

循著他的視線看去，地面上確實有燒焦的痕跡。

「什麼時候？」

「上週末半夜，聽說連續發生了三起。」

「裂縫」多以連續發生的不明火警顯現出徵兆。

近來，每年在東京消防廳管轄範圍內發生的火災皆超過五千起，其中大約三成，也就是一千五百多起火災都是縱火和疑似縱火的不明火警，當然也是火災發生原因的排行榜第一名。但是，當中也有百分之幾是完全調查不出原因的小火。怎麼查也查不出究竟是什麼東西起火燃燒，又為什麼會起火燃燒，屬於無法分類的奇怪小火。而這部分才是我們關心的。尤其是如果小火的燒焦痕跡中殘留有古代菸草的餘燼，便很有可能是「裂縫」。菸草屋先是獨自取得了哪裡發生過這種小火的消息後，再通知遼平。

我拿起數位單眼相機。

才切換到第七種拍攝模式，忍不住「嗚」地呻吟一聲。觀景窗拍到了奇怪的東西。

「怎麼了？」

遼平挑起眉毛。

有腳在燃燒。

觀景窗外，焦痕上有一雙腳。

照慣例又是雙粉中帶灰的腳，而且暈開般地重疊了兩、三層。但那雙腳只到膝蓋，覆蓋著暗紅色的火焰。

「女人。」

「咦？」

「有女人的腳在燃燒。」

「怎麼可能。」

我把相機遞給遼平。他滿臉納悶地接過去，看向觀景窗。浩平也把臉湊上去，接著看向相機。

「真的耶！」

遼平看向我說。從那小腿纖細的線條、腳上穿著的跟鞋，以及隱約可見的裙子弧度，可以肯定確實是女人的腳沒錯。而且也能肯定，這雙腳來自「裂縫」。

「嗚……真讓人發毛。」

「這女人是誰啊？」

我搓了搓上手臂。悶熱的午後，背部淌下的汗水卻很冰，覺得有點冷。

這裡是一座小寺廟前方。在周遭一片五光十色的豔麗風景中，如同暗影般悄悄沉寂於此。雖然是寺廟，占地卻極小，還堪稱是神佛習合（註2）的範本，狹窄的占地內擁擠地設有並排著紅色鳥居的稻荷神社與慰靈碑，正前方的布旗上還寫著弁財天。

「弁財天啊……說不定在買馬票前，有人會先來這裡參拜。」

浩平探頭看向香油錢箱，再看向旁邊販售的護身符和線香。

「一樣的店。」

他輕捏起擺在線香旁邊的百圓打火機。

「啊，真的耶。」

打火機可能是某間小酒館發給客人的贈品，全用相同的字體寫著「RUMI」，還註明了地址和電話。

「住持搞不好是常客。」

「搞不好RUMI就是弁天大人。」

遼平無預警地向後轉。

「有風。」

很微弱的風。明明是溫熱的，撫上肌膚後，卻讓人打了冷顫。

我們不約而同移動起腳步。

日頭高照下，繁華的鬧區看來就像只是擺設好了場景的舞台，顯得有些冷

註2：神佛習合是指日本本土信仰與佛教互相融合的現象。弁財天是日本七福神之一，是象徵口才、音樂與財富的女神。

清。

「欸，為什麼是錦糸町？」

我問了在來時一路上不停思考的疑惑。

「呃……像這裡是從戰後開始就有的老舊鬧區吧？看起來不像是會和那個有關係。」

「對啊，就是因為從戰後才開始的吧。」

遼平又露出了那種難以捉摸的怪笑點頭。

「之前不是就說過了嗎？都內只要有一定程度的遼闊平坦土地，以前都會用來做什麼。」

「就是大名的宅邸吧，還有……」

我說到這裡停住，浩平接了下去。

「軍隊。」

遼平再次點頭。

「沒錯。錦糸公園在過去是陸軍的糧秣廠倉庫，車站周遭重新開發過的地區以前也是國鐵持有的貨物用地。當然，貨物列車都是用來運送軍部物資。」

「哦……所以就算有『裂縫』也不奇怪囉？」

「但其實我到現在也還搞不清楚規則。」

三人來到了寬闊的大馬路上。

忽然間，我覺得附近有河川。因為風中有河水的氣味。

「那邊。」

越過斑馬線，再度鑽進飲食店家林立的小巷。這裡的人大概要在幾小時後才上班，所以附近毫無人影，清閑安靜。進駐店家的招牌不斷向前延伸，但因為沒有開燈，每塊招牌看來都很黯淡，彷彿靜脈的顏色。

「一家店的店名看得出歲月痕跡呢。感覺顯現出了庶民的集體潛意識。」

「是顯現出了庶民集體潛意識裡的欲望吧。」

我望著店名都是模仿了久遠前流行過的韓國電視劇的招牌。欲望的最大公約數直接地顯現在了招牌上。

「ＲＵＭＩ。」

浩平冷不防指向上方。我跟著往上看。

確實有塊招牌寫著「ＲＵＭＩ」，字體就和剛才在弁財天那裡看到的打火機一樣。

那棟出租大樓異常狹長，每層樓的空間都只有緊急逃生梯空間的兩倍大。窗戶從內側堵上了，一樣寫著店名。

「ＲＵＭＩ」在六樓。

「對了，菸草屋說過其中一處小火發生在小酒館。」

我默默看向相機的觀景窗。二樓、三樓、四樓、五樓。隔著觀景窗，攀上緊急逃生梯。

那個女人就在「ＲＵＭＩ」店旁的緊急逃生梯上。

還能看見她抓著欄杆的雙手，以及黑色連身裙的裙襬。

雖然看得見手肘以下的下半身，卻看不見上半身。身體悠悠晃晃，就和縮時拍攝的動畫一樣重疊在一起，始終模糊不清。這次一樣是覆蓋著暗紅色的火焰，火焰和身體有些錯開，不停晃動。

「是同一個女人。」

兩人看向我遞去的相機。

「真難得會出現女人。」

「那裡是『裂縫』嗎？」

「不，不是。雖然有風積在這裡，但並沒有往上噴發。」

總之，女子的殘像變得越來越清晰了。表示女人直到最近都待在那裡。

「不過，站前圓環上的腳印不是她的。因為她穿著跟鞋。圓環那邊是典型那個的腳印。」

「看來是這樣沒錯。但這女人到底是誰啊？」

忽然覺得有人在看我們。

轉過頭，只見開著小貨車來送酒的男人正老大不客氣地直盯著我們瞧，明顯覺得我們很可疑。

「不好意思，我聽人家說『置行堀』就在這附近……」

遼平搔著腦袋，裝作迷了路的樣子問男人。只要態度謙遜，這男人看來就很親切討喜。

「哦。」男人立即露出了然於胸的表情，肯定以為我們是城市散步雜誌那類的採訪人員吧。

「你們是說錦糸堀公園吧？就隔著一條馬路，直直往前走就到了。那裡還有寫了由來的導覽板和河童像。」

男人用戴著棉質手套的手指了個方向。

「謝謝您。」

我們化身為謙遜有禮的採訪人員，低下頭致謝。男人對我們不再感到好奇，搬著啤酒箱消失在巷子裡。

「置行堀是什麼？」

「嗯，妳應該也有聽說過吧？就是本所（註3）的七大怪談之一。聽說以前有人在護城河旁邊釣到了魚，卻不知道從哪裡傳來了『把魚留下』的聲音，因為沒理那道聲音，結果魚簍裡的魚就都消失了。」

「這怪談不怎麼恐怖嘛。這也是『置之不理』的由來吧。」

「雖然關於到底是在哪個護城河有很多種說法，但可以肯定就是在這一帶，其中又以錦糸堀的可能性最高。雖然在關東大地震以後被填起來了。」

「哦……話說回來，為什麼叫作錦糸啊？我還以為一定是因為這裡以前有過紡織業，但看起來好像不是這樣。」

我們一邊繼續行進，一邊小聲交談。

「有人說可能是唸『岸』（註4）的時候口音太重，也有人說可能是因為早晚的陽光照在護城河上很漂亮，總之也是眾說紛紜，但都沒有什麼說服力。也有人說錦糸堀並不是指特定的護城河，而是指這一帶所有的護城河。」

一直安靜聽著的浩平突然低聲咕噥。

「油。」

「咦？」

「重要的是，天空。」

遼平反問後，浩平表情嚴肅地看向天空。

看了急速籠罩住天空的漆黑烏雲，即便不是浩平，任誰也看得出天氣正在變壞。豪雨會暫時性地擋住「裂縫」，讓人難以察覺，但要是放置不管太久，「裂縫」所在的地方必定會發生重大災禍。

至今有很多被視為是意外的災難，例如浴場爆炸、漫畫咖啡店和公關酒店所

註3：本所是現在的東京都墨田區。

註4：岸（kishi）與錦糸（kinshi）的發音相近。

在的大樓發生火災、飯店大火，當中有一些其實就是因為太晚發現「裂縫」所導致。

「快走吧。其中一處小火就發生在錦糸堀公園，『裂縫』應該就在這附近。」

走沒多久，便看見了一座由大樓環伺的公園。

公園的形狀很奇特，像梯形又像淚形。角落設有溜滑梯等遊樂器具和長椅，空蕩蕩的中心空地上獨自佇著一盞街燈。

「護城河原本在哪裡？」

「應該是那邊有河童像的地方。」

從公園中心橫穿過去，走到了看似最近才建好的石像前。有個穿著襯衫的中年男子坐在長椅上打瞌睡。

河童像雕刻得很可愛，圓滾滾的像是小玩偶。但在我的記憶中，河童的手臂應該更長（記得左手和右手好像還連在一起），長得也更可怕。

天空驀地變暗。

「你們看。」

浩平發出僵硬話聲的同時，我的左耳也一陣悶痛。

回過頭，公園一片悄然無聲。

彷彿意識到了我們正看著它，公園中心的街燈緩緩亮起。大概是那種天色一暗，電源就會自動打開的設計吧。

但是，我們注視著的並不是街燈。當然，街燈也在我們的視野裡，但我們三人目不轉睛望著的東西，卻是在街燈上方。

有個女人站在那裡。

就站在街燈上。

女人穿著黑色連身裙，筆挺地站在街燈上。

我們就像被迷住了，腳步遲緩地走上前去。

眼前的女人看來不是殘像，輪廓很清晰，也沒有火焰包覆著她。但是，沒有頭。她全身穿著黑底白色小圓點的連身裙，但再往上只到嘴巴，鼻子以上空空如也。

嘴巴的比例也不太對。比起身體，嘴巴顯得很大，而且扭曲畸形。

那張嘴巴突然間掀開了。

『風雅遼平，又是你嗎？』

遼平瞬間全身僵硬。但這也難怪，因為站在街燈上的無頭女人突然叫了他的名字。而且還是乾啞又尖銳，讓人感到戰慄的聲音。我和浩平也不由得跟著一起僵直身體。

『居然連離了婚的前妻也來了，你們破鏡重圓了嗎？』

我忍不住火大起來。明明沒有眼睛，這種目中無人的態度真是莫名其妙。

「妳又是誰啊？我才不認識長得像妳這麼奇怪的人。」

遼平對女人說。

『是嗎？真的嗎？』

女人的聲音中充滿嘲弄。

天空變得越來越昏暗，被濃黑的烏雲掩沒。

遠方出現一道細微的閃電，幾秒之後雷鳴撼動大地。

『你想見的是這群人吧。』

女人的聲音突然在極近的地方響起，緊接著周遭籠罩在紅光當中。

但會有這種錯覺，其實是因為陣陣紅光像腳燈般從框住了公園的輪廓中往外迸出。

然後，無數人影從紅光中接連衝了出來。

是「Gunka」。他們全都穿著褐色軍服。那種褐色就像是燉煮了很久的蜂斗菜，又陳舊又破爛，還顯得極其不祥。而且還戴著有紅色星星的帽子，所有人全都面無表情，身材短小。他們就有如縮時拍攝的動畫，舉著南部手槍一一跑進公園。

「這整座公園都是『裂縫』嗎！」

遼平大喊。

我們三人背對著背，壓低身體準備迎戰。「Gunka」向我們展開射擊，地面上的小石子因而不停彈起來。

我們各自散開，閃避他們開槍所形成的跳彈。

遼平架起改造過的三腳架機關槍，朝著他們的腳部掃射。雙腳中槍後，他們如骨牌般倒成一片。

浩平攤開反光板，朝著天空舉高揮舞，砍下他們的首級，再砍斷了他們拿著南部手槍的手。

悠哉閒適的公園，在剎那間變成了血腥殘暴的戰場。

「Gunka」他們仍繼續從發著紅光的「裂縫」中爬出來。

遼平跑到了公共廁所的屋頂上與「Gunka」奮戰。

這時也有「Gunka」朝我撲來。我掃向他的腳，用手刀劈向他的脖子。

那種好像有劈到又好像沒劈到的曖昧觸感真是教人不爽。

其中有個「Gunka」燃燒起來。

他向前伸出掌心，兩隻手在轉眼間燒成了紅黑色。

其他「Gunka」見了也相繼起火燃燒。原本倒在地上的「Gunka」一個接一個地站起來，逐漸聚集。

沒了腦袋和手臂被砍掉的「Gunka」都纏繞著火焰，不斷往我們逼近。

完全無路可逃。我們漸漸被逼進了公園的角落。

他們呈扇形將我們包圍，伸長了手臂，想用火焰將我們燃燒殆盡。就在這時候，浩平動作迅疾地朝著他們打開反光板。

反光板正好形成了一面反射鏡，轉眼將他們發出的火焰反射回給他們，更在反彈後增加了火焰的強度。

算準了這個時機，我用力打開相機包。

好，去吧！

大群蝴蝶從中飛出。

有藍色、黃色、黑色，全都拍著翅膀，圍住了全身燃燒著熊熊火焰的「Gunka」，將他們吹回「裂縫」裡去。

蝴蝶是通往黃泉的使者。把他們帶回黃泉去吧！

蝴蝶振翅所引發的旋風包覆住了他們身上的火焰，把他們捲往「裂縫」裡。這才是貨真價實的蝴蝶效應。

「好！」

遼平抽起頭上的髮簪，跑向「裂縫」。

銀簪是根磨得十分鋒利的針。遼平用盤起了頭髮的風線，靈活俐落地將「裂縫」縫起來。

縫上「裂縫」的那一瞬間，四周忽然變得明亮。

「啊！」

地面、空氣，全都變得透明。

眼前出現縱橫交錯的靜謐護城河——河水徐緩流動著。四處可見水渠與運河，穿梭流淌於田地間——木圍牆內是堅固的瓦片屋頂。家家戶戶沉浸於暮色中——護城河的水面閃爍著七彩波光——對，就如彩虹般，就如綾羅綢緞般——

「是嗎？這才是錦糸堀的由來！」

遼平大叫道。

「——是因為油嗎？」

然後回頭看向浩平。

「你剛才說的就是這個嗎？」

浮在護城河表面上靜靜打著漩渦，閃耀著七彩光芒的東西正是油。

「附近的猿江恩賜公園以前是貯木場。過去這一帶護城河彼此相通，木材為了防止延燒和防止腐敗，都會讓它們漂浮在水邊——不只松樹，很多樹木都含有油脂——油流出來以後，水面就像現在這樣五顏六色。」

「裂縫」在關上的那一瞬間，有時會短暫地展現出這塊土地過去的風景，抑或已經遺失的景色。當然並不是為了我們特意展現，可能只是在那一瞬間，喚醒了土地已經遺忘的記憶。

「置行堀啊……搞不好是因為就算釣到了魚，也常常因為沾滿油，沒辦法當成晚餐配菜，釣到的人才偷偷把魚丟掉。然後又因為良心不安，才衍生出了河童要人『把魚留下』的怪談吧。」

水波盪漾的虹色護城河倏然消失，四周再度變回了昏暗的街角公園。

長椅上的中年男子依然在打著瞌睡。

幾分鐘前的慘烈打鬥已經消失得不留半點痕跡。

我們出神地揣著三腳架和反光板，杵立在公園中央。

然後，不約而同抬頭看向公園中心的街燈。

街燈綻放著暈黃光芒。但當然，上頭不可能還有女人的蹤影。

「那女人是怎麼回事，到底是誰啊？」

遼平嘟嘟噥噥說著，重新盤起頭髮，插進髮絲間的簪子前端不停旋轉。遼平的髮簪造型是個小風車。

「嗯！」

就在遼平按著髮簪的同時，我的左耳也感到劇痛。

「！」

不由得捂住耳朵時，我注意到了公園外有道浮起的紅色影子。

「在那裡！」

我反射性地伸手指去，只見穿著黑色連身裙的身影正逐漸遠離。無頭女人大步走遠。背影圍繞著搖曳的暗紅色火焰。

我們慌忙追上她。那女人可能是從其他的「裂縫」跑出來。

「她要去哪裡？」

天空滴滴答答下起了雨。

雷聲隆隆，響起的位置比剛才要近，震得腹部發麻。

我們小跑步地追上去，但女人的腳程很快。好像要追上了，卻又追不上。

周遭變得昏暗，飲食店家進駐的大樓開始點燈。暮色中，夜晚生氣蓬勃的歡樂鬧區開始顯現出身影。

耳朵感覺又更痛了。

像有無數小火花濺到身上的痛。

就和那時的疼痛一樣。自那之後，我一直把左耳藏在頭髮底下，也不曾再戴過耳環。

「站住！」

追著追著，來到了車站圓環前的大斑馬線。

降下的雨水發出了啪啦啪啦聲響，打溼了地面。

碰巧現在是綠燈。

黑色連身裙混進了大批人群裡，大步流星地越過斑馬線。在灰濛濛的人群裡，那道背影莫名格外鮮明。

我跑了起來。

就快要追上那道背影了。

追上那道穿著黑色連身裙，上頭布滿白色圓點的背影。

然後抓住了她的手臂。

是年輕女子纖細的手臂，而且觸感冰涼。

下一秒，女人回過頭來，用力抓住了我抓著她手臂的那隻手。畸形的嘴巴朝著我彎起微笑。

一笑，嘴唇便裂成了詭異的形狀。

在原本該有著頭部的地方，我好像看見了某種模糊的輪廓。巨大的頭。兩隻角。

這女人是——

在領悟到女人真面目的同時，她從我眼前消失了。

正確來說，是沒進了地面。而且還抓著我的手臂。

於是我整個人跟著撞向地面。以一種蹲地般不自然的姿勢，手臂被拉進了地面裡，就這麼動彈不得。

「鮎觀！」

我聽見遼平的大喊。

身體以意想不到的姿勢撞向地面後，痛楚與衝擊大得我一時間無法呼吸。

好痛。好難受。我的手臂去哪裡了？

我想起身，卻站不起來。忽然間，我發現了一件事。

這裡，正是剛才紅色腳印來回走動的地方。

「在等紅綠燈嗎？」「可能吧。」

與遼平的對話浮現腦海。這可能是陷阱吧。故意要把我引誘到這裡來。

「鮎觀，妳沒事吧？」

雨勢變大了。地面的顏色變得越發漆黑。

「我沒辦法動，手臂被那傢伙拉進去了。」

我對跑過來的遼平低聲這麼說。這時，遠處傳來了不太尋常的打滑聲。

四周喧鬧起來，所有人全看著這邊。

一輛龐大的貨運卡車正從幹線道路的另一邊駛來，車頭朝著奇怪的方向。

司機拚了命地轉動方向盤，但明顯離心力過大，車子完全失控。

有人發出了尖叫。

「喂！」

遼平抱住我的肩膀。

貨車在被雨打溼的柏油路面上横向滑行，朝著這裡直撲而來。

朝著被固定在地面上，無法動彈的我。

我清楚看見了司機毫無血色的臉孔，還有他的眼睛、眉毛和嘴巴。他的嘴巴蠕動著說了些什麼。大概是在喊「媽媽」，不然就是在說「完了」吧。

「媽的！」

遼平卯足了全力拉扯我的身體。

但是，我動也不動。雨水打在地面上濺起的水珠、手臂的疼痛、耳朵的疼痛，都讓我無法思考。

貨車持續滑行。

浩平用準備丟出反光板的姿勢跑來。

雨水猛烈地打在身上。手臂四周形成了凹陷，變成一灘水窪。手臂往地面陷進了幾公分。

大雨。

冷不防地，手臂變輕了，從地面中抽了出來。是因為突如其來的大雨，讓「裂縫」關上了。

剎那間，我在水窪底部看見了什麼。黑暗中有無數光點。是星星嗎？

我和遼平因為反作用力向後仰倒。

司機的臉孔和晶瑩發亮的車頭越來越近，忽然在距離五十公分處停下。

雨聲突然變大了。

司機渾身發軟地把額頭靠在方向盤上。偌大的雨刷依著規律的節奏，專心一意地將雨水不斷揮開。

「俊平最近還好嗎？」

我們三人淋成了落湯雞，踏進老舊的居酒屋。老闆娘一看到我們，立即扔來三條毛巾。

「嗯，他現在會騎腳踏車了。」

「是喔。那他今天在岳父那裡嗎？」

「嗯。在那裡可以到處騎腳踏車，最近他也不會抱怨了。」

遼平拿著酒壺想為我倒熱酒，但我拿著酒杯的手卻抖個不停，讓他根本倒不進來。

「喂，妳把酒杯放下來。」

「嗯。」

我的手抖到了可笑的地步，費了番工夫才把酒杯放在吧檯上。

長長的吧檯坐滿客人，笑鬧聲讓我緊繃的心情總算慢慢放鬆下來。

浩平咕嚕咕嚕喝著日本酒。這傢伙酒量好得出奇。

「浩平，你剛才拿反光板想做什麼？是不是打算丟向貨車？」

我按著發抖的手問。

「丟向輪胎，摩擦。」

難得他給了這麼長的說明。是打算丟出反光板，讓它卡進因雨天打滑的輪胎底下吧。

「貨車會打滑是巧合嗎？還是那傢伙的關係？」

遼平為自己的酒杯倒酒，灌了一大口。

「欸，遼平。」

我直視遼平的臉。

「──那女人是『件』。」

我回想了抓住她手臂時的觸感。年輕女人纖細的手臂。然而就在下一秒，用力抓住我手臂的力道大得嚇人。

「妳說什麼？」

遼平和浩平的手都停下來。

「你們不覺得她的嘴巴很奇怪嗎？不只和身體不成比例，嘴唇的形狀也很詭異。那女人的頭是牛頭喔，還有角。」

「件。」

遼平咚地將酒杯放在吧檯上。

「怎麼可能。」

他臉色慘白，左右搖頭。

我也一樣不想相信。傳說中預言了災難的降臨，並馬上死去的虛幻生物，件。據聞外型宛如人與牛的合體。

「意思是那女人和他們是不同夥的嗎？為了來向我們預言災難？」

「我不知道。」

我搖頭。

「可是，那女人知道遼平的全名，也知道我們是誰。」

而且，也知道「Gunka」的存在。知道我們在和他們戰鬥。

遼平瞬間語塞，但最後又老樣子露出了模稜兩可的微笑。雖然很想問問他那個笑容到底是什麼意思，但至今從來沒有問出過答案。

「不安的時代來臨了呢。」

他這麼自言自語道，倒光了酒壺裡的酒。

隔了幾秒後，浩平突然嘀咕說了。

「乾杯。」

是他很難得會說的單字。

我與遼平面面相覷，發出了充滿奇妙共鳴與絕望的大笑聲。然後，為了我們不確定的現實與未來，鄭重舉杯對碰。

第二話　川崎機密文件

平日正中午。

電車內的乘客寥寥無幾，除了我們以外，就是一群看來像是鐵道迷，年紀有些不詳的男性，和大概是正好休假的樸素一家人，一派要出門遊玩的模樣搭著電車。

看著興奮吵鬧的四、五歲男孩，我想起了好段時間不見的俊平，忽然就要陷入感傷的情緒裡。

明亮的日光透過車窗灑在地板上，電線桿與建築物的輪廓不時橫切而過。匡咚、匡咚，電車的節奏莫名令人感到懷念。氣氛慵懶的車內，一眼還能望見最遠處的車廂。

但這點並不奇怪。因為這條鶴見線是十分特殊的路線，算是沿岸地區特定企業的通勤電車，所以上下班時間以外的乘客會大幅減少。也因為這個緣故，通勤時間以外的電車班次極少。

我對鐵路倒是沒有什麼興趣呢。

鮎觀坐在雙人對坐車位的對面位置上發呆，從她的表情彷彿可以聽見她在這麼說。

對照之下，浩平正揣著反光板，神采飛揚地在車廂內到處拍照。顯然完全忘了本來的目的。

最近連女性也勇於公開宣稱自己是鐵道迷，在世人眼中變得相當普遍，但為什麼多數男人打從出生起就都喜歡鐵道和車子呢？

話雖然這麼說，但其實我也對於許久未搭的路線感到興奮，只是因為浩平實在太純真無邪地表現出了鐵道迷的模樣，我總不能與他同步，所以只好裝酷。年紀大的人真辛苦。

不過，我也很好奇旁人是怎麼看待我們。三名男女分別帶著相機包、三腳架和反光板。我們向來喬裝成城市雜誌的採訪小組，實際上看起來也是如此吧。

鮎觀把黑色相機包放在大腿上，閒得發慌地坐在對面，看起來很稚氣，很難想像她已經是一個孩子的母親。

同時我不禁跟著懷疑，自己是那孩子的父親會不會其實只是種幻覺。

不過，菸草屋和我們這一族人真的很會使喚人。明明我是以志工的身分承接下這份修繕工作，他們卻每次都理所當然般地把我叫過去，真讓我無法接受。結果連帶影響到了我的正職工作（皮包工匠），害我這次又不得不熬夜趕工。

「欸，遼平。」

鮎觀站起來，走到我旁邊坐下。

「池之端的嬸嬸問我要不要再婚，你覺得呢？」

因為鮎觀問得太過從容自若，我一瞬間沒有理解到內容。還以為是不是俊平學校有家庭訪問，但過了幾秒之後，身體終於對「再婚」這兩個字產生反應。

「妳說什麼？」

我忍不住提高音量，鮎觀立刻把食指抵在唇上：「噓！」

我狼狽地張望四周，幸好其他乘客都被車窗外的景色吸引走了注意力。

「嬸嬸怎麼又提這件事了？她明明知道我們的情況。」

「嬸嬸是說……」

鮎觀態度淡漠地聳聳肩。

她的臉部很少有什麼表情變化，但這部分是鮎觀那邊分家子孫的共通點。其實不難理解，畢竟從過去到現在累積了太多驚心動魄的體驗，而且未來還得持續累積下去，所以才會有這種達觀超然的特質吧。

「俊平需要父親是原因之一。」

「不是有我在嗎？」

我理直氣壯地反駁，但心裡卻也比任何人都清楚，我們並沒有在一起生活，所以這句話根本沒有說服力。

「當然啊。可是，從今以後我們都不可能在一起。」

鮎觀用冷靜至極的語氣說。

她的聲音讓我內心的溫度也急遽下降。

我們不可能在一起。

雖然早就明白，但被她清楚說出來，我還是措手不及。大人真辛苦。

「那另一個原因是什麼？」

我嘆著氣問。

「另一個啊……」

鮎觀說到一半，忽然眺望遠方。

「呃，說來話長。總之有很多複雜的事情。」

「什麼複雜——妳該不會打算答應這件事吧？」

我忍不住發出了充滿懷疑的聲音。

鮎觀與冷淡的外表不同，其實很重情義，但該斷的時候也會斷得一乾二淨。這傢伙每次用到「複雜」這個詞的時候，都沒什麼好事。

「沒有啊。」

鮎觀立即否定，我在心裡鬆了口氣。她的聲音聽來也不像在說謊。不過，女人要是真心想要說謊，我們男人根本不可能識破。

「那妳幹嘛告訴我這件事？」

「嗯……只是覺得該告訴你一聲而已。」

鮎觀把面向我的身體重新轉回正面。

她的膝蓋一遠離，我又開始疑神疑鬼。

難不成鮎觀是想測試我？現在這件事該不會是她自己編出來的吧？

忽然間，我想起了我們共通的友人。那個朋友自己開了一間公司，但因為受經濟不景氣的影響，揹上了不少債，最後公司也收起來了。當時為了不讓債務對妻子帶來不良影響，他們表面上簽了離婚協議書。他讓妻子先回娘家，打算等到債務處理好了，再把她接回來。一開始友人和他的妻子對此都沒有任何懷疑，深信兩人只是書面上的離婚，也是這麼向身邊的人說明。

然而時間一久，兩人開始對彼此起了疑心。懷疑對方搞不好心裡其實很想離婚，只是利用這個機會當作藉口。

一旦這樣的疑慮潛伏進了心裡，便怎麼樣也難以消除，更何況他們在現實中也已經簽名蓋章，這樣一想，就開始覺得對方的行徑十分可疑。

結果才過一年，兩人就「真的」離婚了。

雖然我們兩人是因為與這完全無法比擬的原因而變成現在這樣，但鮎觀會感到有些不安和疑惑也很正常。

今晚要向她好好問清楚——正這麼心想時，頭上的髮簪忽然一震，我反射性地挺直腰桿。

同時也看見鮎觀的臉龐微微扭曲，伸手捂住左耳。

「會痛嗎？」

「嗯。」

兩人一起轉頭看向窗外。

窗外是綿延無盡的工廠高牆，完全沒有人跡。

但是，我的髮簪還在微微顫動。一種像是指尖發麻的熟悉感覺重新復甦。我當然明白這是什麼——當一向隱藏起來，與寧靜日常僅有一線之隔的恐怖現出蹤影時，便會帶來這種發麻的感覺。我也知道同一時間，遍布全身的腎上腺素會帶來恍惚陶然的感受。

鮎觀也捂著耳朵，靜靜窺探四周。

不知什麼時候，浩平已經站在列車的連結器附近，定睛仰望天花板。

我和鮎觀也悄悄靠近他。

「有嗎？」

「上面。」

浩平老樣子又以最少的單字回答，他的目光正在緩慢移動。

喀、喀、喀、喀。

雖然隱隱約約，但天花板外確實傳來了腳步聲。

果然有，是他們。會發出這種腳步聲的就只有他們了。

他們就在電車的車廂上頭。

「居然出現在這種地方。」

「不知道『裂縫』在哪裡？」

我和鮎觀互相對看。

浩平循著腳步聲，慢慢地開始移動。

匡咚、匡咚，電車的搖晃聲感覺分外響亮地在耳朵裡迴盪。

腳步聲似乎移動到了隔壁車廂。

我們也移動到隔壁車廂。

這節車廂只有兩名乘客，都是中年男子。不知道他們值什麼班，但散發出的氣息像是剛值完夜班。兩人都用明顯是長年練就的動作盤著手臂，睡得不省人事。

沒來由地，我覺得其中一個男人有點眼熟。

好像在哪裡見過——不對，那種長相很常見，可能是我的錯覺吧。

這時，天花板上的腳步聲「喀」一聲停下。

安靜下來後，只剩下電車的匡咚匡咚聲不間斷響起。

我們也停下來，目光依然盯著天花板。

被發現了。

他們也發現我們在這裡了。肯定正在上面觀察我們的動靜。

電車大幅搖晃，駛向一個大彎。我們的身體也因為重力跟著踉蹌。

像是看準了這一刻，窗外驟然變暗。

是「Gunka」。

他們穿著褐色軍服、紅色星星帽子，高筒軍靴踩在玻璃窗上，露出了鞋底的紋路。

「Gunka」掛在車窗外藉著轉彎時的反作用力，毫不遲疑地舉起南部手槍朝向我們射擊。

「嗚哇！」

車窗上立即出現了無數圓孔。

而且掛在車窗外攻擊的不只一、兩人。

「Gunka」就像是成串果實。成串電車。腦海中突然閃過這些奇怪的形容。

當然我們也彎下身子，在車廂內來回移動，閃躲抵抗。我用三腳架改造而成的機關槍反擊，浩平用反光板把子彈反彈回去。

不過，這次他們倒是很快就登場。明明以前都會拖延一段時間才出現。

該不會是「裂縫」擴大了吧？

我直覺這麼心想，背脊發涼。

耳中突然傳來了菸草屋的聲音。

——你想想看。從江戶成立的經過來看，這裡原本就是作為軍都開始發展。打造這座城市的正是武士，也就是軍人。江戶城可說是司令部，也是要塞的中心。他們都認為自己才是這座都市的主人。在他們心目中，戰爭和打仗一直都還沒有結束。所以只要我們稍不留神，城市就會顯現出它過去的本性——

夠了，吵死了！

我打消菸草屋的聲音，集中精神在車窗外不斷出現的「Gunka」。

還差點踩到正在熟睡的乘客的腳，連忙踩了煞車。

我每次總是在想，明明我們成天在和這些傢伙大打出手，費盡苦心維護首都的安寧，但這些人卻從來沒注意到發生在眼前的殊死搏鬥。

事實上是他們看不到吧。無論是在他們看不見的地方一波波湧來的邪惡氣息，還是自己認為自己正看著的事物的真實樣貌。

與之同時，我也覺得說不定其實我們才異於常人。觀看好萊塢電影的時候，我不時會覺得所謂正義的一方不過只是種妄想和自以為是。沒錯，英雄只不過是種膨脹後的自我滿足心理。

這樣說來，自以為很努力在戰鬥的我們，其實也不過是懷抱著相同的幻想，逕自在都市的黑暗面中尋求自我認同吧？與其花上一輩子的時間去做根本沒人拜託的事情，我覺得為了電車的運行與線路保養，日復一日辛勤努力的鐵路員工還比較偉大，甚至可說根本遠遠也比不上他們。我不禁開始會有這種想法。

不過，現在也沒時間悠哉地思考這種事情，電車再度大幅轉彎，滑進月台，在減速後停下。

抵達淺野車站。

我們衝上月台。

車廂上的「Gunka」們接二連三跳下來，橫越過長長的平交道。

這處車站是俗稱盲腸線的鐵路支線起點，而因為路線大幅轉彎，所以中間的支線月台呈現三角洲的形狀。

我們追著「Gunka」，跑上支線月台。

遠遠可以看見銀色電車正往這裡駛來。

一隻躲在平交道草叢裡的黑貓豎起了毛低吼。

貓看得見「Gunka」吧。也不知道剛才都在哪裡，接著又出現了好幾隻貓，發出充滿敵意的叫聲。還有隻貓張口咬住了「Gunka」的腳。

「Gunka」不耐地甩開咬住自己的貓，起腳踹向牠。

「住手，不要踢貓！」

鮎觀臉色大變地叫道，飛身撲向「Gunka」。

鮎觀原本的專長是格鬥技。乍看下身材纖細，但其實爆發力十足，練過踢拳和極真空手道，所以她的攻擊連對男人也能造成不小的傷害。但是為了保護貓，把一個大男人打得半死不活，難道就只有我覺得這樣的行為很矛盾嗎？

奇妙的是，那些貓當中只有最一開始的黑貓具有實體，後來出現的貓似乎與他們是同個世界的居民。

被「Gunka」毆打和踢飛的貓在撞上月台和電車的牆壁後，紛紛像化石般變硬發白，然後被吸進了牆壁裡。

雖說淺野車站是以因水泥而致富的男人的名字命名，不過現在這樣更像是愛倫．坡筆下的《黑貓》吧？

在我們奮力的擊殺與打鬥下，「Gunka」的數量所剩不多，只見他們爬上滑進月台的電車。

他們打算回到「裂縫」。只能跟上去了。

我們也坐進電車。

噹——地警鈴聲大作。

車門關上，電車匡咚匡咚地開始移動。這條路線十分筆直，不出多久周遭便瀰漫起海潮的氣味。

「海。」

浩平低聲嘀咕。

其實看就知道了，但人這種生物一看到大海出現在眼前，就是會情不自禁地脫口而出。

列車沿著海岸奔馳，與在對岸綿延的工業區並肩而行。貨櫃像玩具積木般層層疊起，起重機像把天空當成素描畫般橫切而過。

京濱工業地帶。人們勤快地填起大海後，用焦炭、用水泥、用鋼鐵，建造起了國家。鐵路再鋪設其上，填海地日復一日如膨脹的變形蟲般擴大。

向著大海，不斷擴大——

然後，吸引來了全國各地不計其數的勞工。從北陸、從沖繩，甚或從朝鮮半島。

今晚吃沖繩料理吧。我想著完全沒有意義的事情。

僅有兩站的短短路線很快抵達終點。

走下月台，此處是位於海上的車站。

「不見了。」

我們看向電車上方，異口同聲說，愣在原地。

明明剛才還緊攀著車廂的「Gunka」，現在卻連半個人影也沒有。

「跑去哪裡了？」

「這裡有『裂縫』嗎？」

我們慌忙尋找，但不可能三個人都漏看了「裂縫」，況且也只移動了一小段距離。

「跑去哪裡了？」

我們慌張地在狹窄的月台上奔跑，還跑進與月台相連的細長公園裡來回檢查。這個終點站直接通往某間工廠，原本除了員工以外不能下車。但為了鐵道迷與觀光客，擁有工廠的企業特意自發性地整頓了這座沿海公園，對外開放參觀。

然而，到處都沒有看見他們的蹤影。只有一望無際的公園和暴露在太陽下的月台，根本無處藏身。

我們困惑得面面相覷。

帶有海潮氣味的粗糙海風撫過臉頰。

太陽漸漸西斜，海面泛起橙色。

有哪裡不太對勁。

我突然有這種感覺，不經意地回頭看向來時的路線，在遠處看到了風。

可以看見風。

如果有人問我是看見了怎樣的風，我總是很難說明。

有時像是下雨天浮在積水表面上的油漬，有時也像是翱翔於天際的飛龍；有時像是淡墨色的霧形成了墨流般的紋路，有時也像是從軟管擠出來的黏著劑般帶有重量感。

但是，只要是從「裂縫」裡噴出來的風就絕對不可能認錯，那是一種詭譎且讓人不寒而慄的風。

浩平和我同時看見了那個風。

「不會吧。」

我發出了很蠢的聲音。

在剛才與電車並肩而行的對岸景色的更後方，一大群銀色煙囪如摩天高樓般朝天聳立，而且籠罩著那個風。

不對，應該說整座工廠都噴出了風比較正確。

那個風帶點紅色。

該怎麼說明呢——每次我腦海中總會浮現「血煙蒸騰」這四個字。

讓人不由自主聯想到鮮血的紅色正閃耀著黯淡光輝，但又和火焰的紅色不同。是一種感覺不到熱度，如鮮血般冰冷黏稠的紅色，好像灑了金蔥似地在閃閃發亮。

「他們居然使了調虎離山之計！」

我突然明白過來，火冒三丈。

「他們假裝抓住了電車，但等我們一上車，馬上就跳下去了，然後回到了『裂縫』所在的那個工廠。媽的，居然上了這麼簡單的當。」

我氣得跺腳，浩平喃喃說著「好大」。

「那整座工廠都是『裂縫』嗎？」

鮎觀用僵硬的聲音低聲說，轉頭看我。看見她慘白的臉，連我也跟著慌張起來。

「遼平，那麼大的『裂縫』你能馬上『縫起來』嗎？」

鮎觀的聲音充滿恐懼。

但聽到她那樣的聲音，我反而打起了精神。

「總會有辦法的吧。總之先回去吧。」

我們立即搭上才剛下來的電車，等待發車。現在似乎是作業員開始回家的時間，慢慢有人從工廠走來，想不到還不少人上了車。

車門終於關上，電車開始發動。

竟然要搭通勤電車追捕匪徒，果然我們只算是半吊子的英雄。

我這麼自我解嘲，同時心急如焚地觀察車窗外的情況。

鮎觀和浩平也頻頻看向窗外。

隨著太陽西斜，「裂縫」四周的天空變得更暗更紅了。

我覺得鮎觀的恐懼好像傳染給了我。

我從來沒見過那麼大的「裂縫」。為什麼在這之前都沒有發現？

壓力大得胃好沉重。

「裂縫」不時會以火災和意外的形式顯現在這個世上。如果只是小火那還好，但偶爾會釀成重大意外，侵蝕現實世界。萬一在那麼巨大的工廠裡出現「裂縫」，究竟會以怎樣的形式侵蝕現實世界呢——光想就讓人膽寒。

回到淺野車站，要找計程車卻費了一番工夫。因為這裡是工業區，幾乎沒有人會叫計程車吧。最後，我們用手機找到了附近計程車公司的電話，打電話叫了車，總算坐上車的時候，天色已經一片漆黑。

而且就算想告訴司機「去那裡」，但從我們現在所在的位置卻看不見。「呃，那個……」我正想著要怎麼說明，鮎觀迅速拿出數位相機，給司機看那間工廠的照片。

「請載我們去這裡。」

想不到司機一看就知道是在哪裡。

「啊，客人你們也是嗎？」

司機心領神會地點著頭。

「也是什麼？」

反而是我們一頭霧水。

「不是有什麼狂熱者還是粉絲因為喜歡工廠，會來拍照片，搭巴士來觀光嗎？這間工廠的夜景更是出了名的漂亮喔，像週末經常會有人來參觀。」

「哦……」

我和鮎觀忍不住輕呼，司機滿臉納悶：「咦？你們不是為了看夜景嗎？」

浩平低聲嘟噥。

「好萌～」

雖然並不覺得工廠很萌，但工廠要是燒起來（註5）就傷腦筋了。

我們在天色完全變暗，毫無人影的橋上下了車。還不忘請司機開收據，以便事後可以請款。

「確實很漂亮呢。」

鮎觀感嘆地說。

出現在我們眼前的，是座難以想像真實存在於這世上的不夜城。

巨大的工廠恍若灰姑娘城堡，景色如夢似幻。

聽說這裡是間玻璃工廠，我也再一次體認到工廠一旦開始運作，難怪都要全天候二十四小時不休息。

註5：日文中萌（moe）與燃燒的動詞發音相同。

工廠在遙遠的未來才會熄火關燈，所以直到機器停止運作為止，都要通宵達旦工作吧。到處無不升著裊裊白煙，藍白帶綠的燈火在廣大的占地之海內，如同枝形吊燈般華麗閃爍。

無數管線和電纜在觸目可及之處蜿蜒起伏，既像幾何圖形，又像引人遐想的纏繞，宛如森林裡縱橫交錯的樹根。大概是所有作業都徹底自動化，沒有半個人影。

但是，整座工廠仍像完整的有機體般打著脈搏，循環著血液，無庸置疑地讓人覺得工廠確實「擁有生命」。

從這樣的角度來看，其造型和視覺效果都美得驚人，讓人不敢相信這其實是專事生產的人工設施，而非是供人觀賞的建築物。

然而，比起工廠出乎意料的奇異之美，更讓我們感到驚悚的，是如妖氣般四處瀰漫竄起的紅色暗風。

「裂縫」就在附近。

鮎觀皺起臉龐。

「怎麼辦？看這樣子，一侵入馬上會被發現吧。」

但最主要是我們也不知道該從哪裡入侵。工廠環繞著高聳的圍牆，要是想翻牆進去，肯定會馬上被發現。

「等等，風噴上來的地方不太像是在工廠內側，更像是邊緣吧。」

我和浩平一起凝神細看，想找出風的出處。

「不如說……」

浩平難得說了長句。

「就是這座橋？」

沒錯，我這麼心想。

「裂縫」就是這座橋。這座橋前方是工廠，更前方是海。所以從另外一邊看過來，才會以為這座工廠是「裂縫」。

一察覺到這件事，腳底下立即噴起紅色旋風。

「嗚哇！」

隨著爆發的旋風，數量比剛才不知多出多少倍的「Gunka」也從橋的左右兩邊爬上來，將我們團團包圍。

「他們一直在埋伏等我們！」

鮎觀大叫。

「遼平，這裡交給我們想辦法，你快去縫好『裂縫』！」

「好！」

我爬上欄杆，探頭往底下看。

看到了。沿著橋的桁架，有道讓人聯想到巨大眼睛的「裂縫」。

還看見了「裂縫」的內側就有如血管內部般閃耀著暗褐色的光輝，「Gunka」們正在其中蠢蠢欲動。

「裂縫」相當長。

我抽起頭上的髮簪，頭髮立刻披散開來，隨風飄揚。我並不是在自誇，但我的頭髮真的每根都又粗又黑。

髮簪上的小風車轉個不停。

我從欄杆一躍而下。

飄散開來的頭髮讓我感覺到了自己正浮在半空中。和祖先一樣，風會保護我不受重力影響。

大批蝴蝶飛來，包圍住了我。是鮎觀放出來的。蝴蝶們會把他們趕回「裂縫」裡去。

但是，我卻遲遲無法靠近「裂縫」。

「裂縫」的長度太長，就算蝴蝶們將「Gunka」吹回「裂縫」裡，他們還是會從其他地方爬出來。

感覺得出浩平他們正在上面努力奮戰。因為遭到推擠、被擊倒的「Gunka」們接二連三地掉下來，被吸進了「裂縫」裡。

我開始縫起「裂縫」，卻一直沒有什麼進展。尤其是還要一邊縫，一邊用三腳架擊退跑出來的「Gunka」。

「遼平！你可以嗎？」

上面傳來話聲。

「再多放點蝴蝶出來！他們又跑出來了！」

「這已經是極限了！」

鮎觀發出悲鳴，自暴自棄般送來了更多蝴蝶。

「嗚啊！」

這次的數量甚至多到快讓我窒息。我第一次看到黏觀放出了這麼多蝴蝶。蝴蝶們很努力地將「Gunka」帶回黃泉去。被蝴蝶包覆住後，「Gunka」紛紛往下墜落，消失在了「裂縫」裡。

但是，問題在於「裂縫」少見的長度。

真的不是我誇張，根本怎麼縫也縫不完。再加上蝴蝶們也開始在我頭部四周盤旋（大概是已經無法區分我和「Gunka」的差別了吧），視野不只被遮蔽住，牠們還飛到我嘴邊，讓我看不清楚，呼吸也感到困難。

我發現自己的意識逐漸變得朦朧。

完了。我快昏過去了。但都還沒有縫完，這下糟了。可是，呼吸好痛苦，鱗粉又不斷灑在臉上，我該怎麼辦？

必須打起精神——然而與這樣的意志相反，視野逐漸變得模糊且昏暗。

這下子危險了。我真的快要失去意識了。

就在意識開始遠離時，四周忽然吹起一陣白風。

什麼白風？我自己吐嘈自己。你在說什麼啊？

但是，眼前的蝴蝶忽然被一鼓作氣吹散，有什麼東西飛了過去。

是條白蛇。

我懷疑起自己的眼睛。是把風看成了蛇嗎？但是，我聽見鮎觀也在上面喊道：「那個是蛇嗎？」

呼吸頓時變得輕鬆，昏昏沉沉的大腦也變得清醒，視野一片明亮。

蛇正在飛。不對，與其說是飛，更像是在空中悠游，然後朝著「裂縫」落下來，伸長了身體，就那麼剛好地橫躺在「裂縫」上。

剛好像是用牠的身體蓋住了「裂縫」。

我不禁呆若木雞，蛇就看著我吐出蛇信，像是要提醒我。

我這才慌忙繼續縫補。蛇恰到好處地蓋住了我還沒縫起來的部分，所以我三兩下就縫好了，剛才的辛苦簡直像場夢。

蛇非常莊嚴神聖，內側發出了潔白的光輝。

一縫完，蛇更是煌煌發光，像在大呼痛快般仰頭望天，緊接著動起來。

蛇扭動著巨大的身軀，眨眼間便靈巧地溜進如吊燈般燈火通明的工廠裡，纏住好似如摩天大樓的煙囪與高塔，迅速遠去，最終融解般與建築物合而為一。

我急忙定睛細看，但剛才看來還像是纏附住建築物的蛇，現在看來只不過是工廠裡縱橫交錯的管線。

「蛇。」

我恍若置身夢境，搖搖晃晃地爬回欄杆上，發現鮎觀和浩平也愣愣張著嘴巴，注視著蛇已消失的工廠。

我們茫然失神地再次叫了剛才的計程車，司機好像以為我們是因為工廠的景色太受感動。

「我也是聽客人說了以後，算是迷上了吧，現在也覺得很漂亮。」

的確是很漂亮，但因為是非常難以理解的光景，所以理智上還無法接受。我們三人沉默無言。

總而言之，「裂縫」關上了。可以肯定是至今關閉的「裂縫」中最大的。

「司機先生，能帶我們去有沖繩料理的餐廳嗎？」

我忽然想起了剛才的決定，脫口這麼說，其他兩人和司機都嚇了一跳。

「什麼啊，沒頭沒尾的。」

鮎觀用受不了的表情看我。

「呃，因為我已經決定好今天要吃沖繩料理了。」

「怎麼又這麼突然……」

「泡盛。」

浩平滿意地點點頭。這傢伙只要有酒就開心。這麼說來，我記得自己還打算要向鮎觀問清楚再婚這件事吧。

「那介紹三位去我朋友開的店吧。」

司機把我們載到了八丁㗇車站附近，藏身於小巷間的家庭式餐館。

我們完全是懷抱著回到了塵世的感覺，鑽過店家門口的暖簾。

然後點了豬耳朵、島蕗蕎、海葡萄、島豆腐。

三人吃得狼吞虎嚥。

渾然忘我地扒了一陣子的沖繩炒苦瓜後，內心總算覺得踏實許多，我這時才注意到店內角落的三線琴。

也就是沖繩的三味線。因為使用了蛇皮，又稱作蛇皮線。

「是因為這樣嗎？」

我低聲說，鮎觀便追問：「你說什麼？」

「那個啊。剛才的蛇。」

兩人也注意到了我看著的東西。

應該不是故意的吧。在三味線的貓之後，接著是三線琴的蛇。

「所以才會出現蛇嗎？真的嗎？」

鮎觀目不轉睛地端詳樂器上殘留的蛇紋，低聲嘀咕。

「像是那些工廠和這座城市，大多都是那邊的人建造的吧。」

「可能是祖先他們特地跑來這邊，保護了我們吧。」

「畢竟從以前到現在也因為『Gunka』吃了不少苦頭，肯定很擔心子孫們吧。雖然是同一片大海，但和故鄉的大海又完全不一樣。」

大海被填起後，升起了黑煙。

「祖先他們一定無法原諒『Gunka』吧。」

「剛才真的是好險。要不是那條蛇出現，我差點支撐不下去。老實說，我那時候已經快昏過去了。」

我不小心說溜嘴，鮎觀露出了不安的表情。

「真的嗎？」

「嗯。萬一再出現那麼大的『裂縫』，真不知道該怎麼辦。得想想其他辦法。」

「但話說回來，為什麼在變得那麼巨大之前，我們都沒有發現呢？」

「不知道。」

「件。」

浩平喝著泡盛咕噥說。

「咦？」

我和鮎觀一起看向他。

這傢伙在說什麼？

「你說的件，是指之前在錦糸町遇到的無頭女人嗎？」

鮎觀問。

浩平歪過頭。

「不知道。但是，那天在公園裡的男人，今天也在。」

「你說什麼？」

比起浩平說了至今最長的句子，我對他說出的內容更為吃驚。

「什麼，這是什麼意思？」

鮎觀來回看向我和浩平。

「電車裡面。」

浩平咕噥說著看向我。

沒錯，我也注意到了。

剛才在後面車廂裡熟睡的男人。我雖然覺得他的長相很大眾臉，卻也覺得曾在哪裡見過他。

這樣啊，原來浩平也注意到了。會覺得在哪裡見過那個男人，是因為當時在錦糸町公園長椅上打瞌睡的男人就是他。

「所以那傢伙是件嗎？」

「不知道。但是，應該不是偶然。」

「到底是何方神聖……」

為什麼又這麼湊巧出現在這裡？難不成是跟蹤了我們？為什麼要連著兩次？

我們陷入沉默。

年輕的老闆拿起三線琴，稍微撥了琴弦。

「這裡也會舉辦現場演奏嗎？」

鮎觀問，老闆點點頭。

「週末會有喔，歡迎再度光臨。」

「請隨便彈首歌給我們聽吧。今天可是多虧了祂，我們才能得救。」

「啊？」

老闆猛眨眼睛。大概以為我在說什麼笑話吧。

「哈哈，那我就彈首歌來當背景音樂吧。」

老闆撥弄著極具特色的音階，回到吧檯內。店內的氣氛頃刻間讓人彷彿正置身在沖繩海邊。

我們都帶著疲倦困頓的雙眼，聆聽這陣旋律。

只要願意幫助力量微薄的我們，不管是蛇還是什麼都好。如果可以再幫一個忙，希望別讓鮎觀再婚，我會非常感激。

我半抱著有拜有保佑的心情，向老闆捧在懷裡的蛇皮線祈求。

第三話

血腥上野

春光明媚。雖然很想這麼形容，但其實現在的午後要賞花還有點冷。天氣是微暗的陰天。沒有降雨的跡象，也沒有風。但是，空氣還是凍人，冷空氣不斷從腳底溜上來。

聽說今年因為連日低溫，櫻花比往年要晚開花。

人來人往中，我物色著營業用不鏽鋼冰箱裡的泡菜。座落於上野邊緣地帶的這一條街從很久以前開始就林立著韓國料理店，所以也被稱作泡菜街。

「請給我番茄泡菜和牛蒡泡菜。」

我挑選了味道比較不強烈的，接過袋子，開始移動。遼平會負責買肉，浩平會負責買酒吧。

也許是心理作用，我感覺到自己的腳步變得沉重。

我不太喜歡這個季節。正如人家所說的早春症候群，這個時期總會發生怪事，心情也莫名浮動不安。所謂「四月是最殘忍的季節」，指的正是日本吧。在這個國家，春天是象徵別離與啟程的季節。

櫻花也教人心煩。只要那淡粉色的花朵一進到視野裡，任何人都無法保持冷靜，在各種強迫觀念的驅使下，不停想著什麼時候會開花？還沒開嗎？開始開了嗎？什麼時候盛開？開始謝了嗎？還沒謝嗎？啊啊花都謝了。

況且根據菸草屋的說法，日本人會變成這樣其實是近年來的事情，原本在日本人心目中，說到「花」就會想到梅花。

而象徵從梅花轉換成了櫻花，對日本人來說應該是件很重要的事情吧。梅花總是小巧玲瓏地依附在枝條上，很少給人「凋謝」的印象。就算花蕾開始綻放，也不會大肆張揚，反而一直很低調。和櫻花那種就像暴露狂掀開了披風展示自己，帶有威嚇性的盛開方式不同，梅花在觸手可及的地方就能放鬆欣賞，也能保持內心的平靜。

梅花用以表現出其存在感的，反倒是香味。梅花的香氣帶有一種拉緊了弦般的緊張感，總會讓我猛然清醒。這樣想來，櫻花雖然視覺效果很華麗，卻幾乎沒有什麼花香。可能是因為現在種植的染井吉野櫻花多數是無性繁殖吧；但連盛開得那麼狂野的櫻花道也幾乎聞不到香氣，還是讓人有些發毛。

我漫無邊際地想著這些事情，走在混亂擁擠的人潮裡。

基於習慣我仍是帶著相機包，但其實今天沒有工作，心情較為輕鬆，但在義務這點上還是沒有改變。

所謂宴會，都是去了以後很開心，但在去之前卻會覺得麻煩至極。尤其每年的例行活動已經快要變成是一種習俗，感覺死板，讓我感到抗拒。

對了，去年這時候是俊平的開學典禮吧？和遼平一起以監護人的身分出席典禮時，眼前多次浮現出了奇妙的影像，害我大惑不解。

我也不知道為什麼，但在小學天花板極高的老舊禮堂裡，我不斷看見整棟建築物被茂密叢林吞沒的影像。

植物本來就很凶殘。像池之端的嬸嬸家也是，陽台上的那些植物一直展開著壯烈的生存競爭。不只絲瓜和牽牛花，昆蟲和鳥兒也會加入戰局，成天舉辦堪比K－1格鬥賽等級的大賽。

但是，當時那虛幻的植物我分不清楚是絲瓜還是牽牛花。只要不開花，我就無法分辨那是哪一種植物。雖然嬸嬸說，只要觀察葉子的形狀和模樣不就知道了嗎？但我想開花以後才曉得那是哪種植物的人應該更普遍。

總之，那些植物無聲無息地從各個角落生長出來，覆蓋了牆壁，纏住柱子，推起在為校歌伴奏的鋼琴蓋，眨眼間牢牢束縛住了整座禮堂。

嘰嘰嘰，我彷彿聽見建築物在發出悲鳴。

啊，被綠吞沒了。

我出神地想著這件事。

這座都市最後的勝利者是他們。一切都將被綠色擁抱、包覆、吞沒——

忽地左耳感到刺痛，我忽然從妄想中醒來。

反射性地停下腳步，環顧四周。

平日午後。來來往往的行人。上野車站附近的熙攘人潮。男女老幼，日本人以外的亞洲人、歐美人、中東人——

我豎起耳朵，查探氣息，但什麼也沒有感覺到。

是我的錯覺嗎？

我提高警覺，再度邁開腳步。

走上坡道，看似要去美術館和博物館的民眾與賞花宴會的民眾混在一起，但從外表大概就能區分出來是哪一種。幾名女性友人悠哉慢步走著的是前者，而一大群中年男子又或者混著年輕人，全身帶著殺氣就好像接下來要上場比賽的運動選手的人是後者。

我看起來是哪一種呢？果然是後者吧。

上野一帶的天空很遼闊。因為有不忍池，周遭也沒有太高的建築物，所以才會有這種感覺吧。一踏進上野公園，這種感受更加強烈。

然後，便感覺到了那股氣息——日本人的「花」為了完成一年一度的絢爛舞台，正摩拳擦掌著的氣息。

四下已經開始舉辦起了宴會，人們醉酒後要狂歡一場的預感如漣漪般透過地面傳達而來。

我們的賞花地點每年都是老位置，所以我已經知道該往哪個方向走。不過，我每次都要先參拜過上野的大佛以後才前往。

因為感受到了運動社團那種特有的壓力，覺得還是該拜個碼頭。

上野大佛位在公園深處，所以遊客不多，總是很安靜。

但雖說是大佛，現在也只剩下臉部，如同面具般嵌在畫框似的牆壁裡。

原本大佛放置在寬永寺境內，但頭部在歷經關東大地震脫離以後，佛體又在第二次世界大戰時被軍方徵收，只留下了據說由住持藏在木頭裡的臉部。因為不可能再「掉下來」，所以聽說考生們都來這裡祈求上榜。

「為什麼大佛是電棒燙頭的髮型啊？」

從前我曾和空手道社的朋友討論過這件事。

「這個嘛，果然是因為覺得不能被人瞧不起？」

早苗在空手道這方面上可以說是天才，但記得除此之外一無是處？畢竟這女人直到高中為止，都還以為四國是個縣名。

「想要有逼人的氣勢，果然得燙電棒燙頭吧。」

不知為何她一邊說著，一邊劈了手刀。

「這樣啊……所以是有人模仿大佛，才發明了電棒燙頭嗎？」

「才不是，是大佛模仿了電棒燙頭才對吧？」

我想早苗絕對是真心認為才那麼說。

我對著現在沒有了頭髮部分的大佛臉部參拜，心想大佛會留電棒燙頭，說不定是因為他很懶。

聽說電棒燙頭不用太常洗，洗完以後也不需要抹髮膠，可以完全不用管它。大佛好幾萬年來（大概吧）都要坐著不動，祈求眾生免於苦難，多半沒什麼時間洗澡吧。

我的視線一從大佛身上移開，左耳又一陣刺痛。

唉，真討厭。

我皺起臉龐。

因為我發現這不是「Gunka」的關係，而是因為春天的記憶。

儘管不願回想起來，但記得很久以前我的耳朵遭到砍傷，好像也是在這種微寒的早春時期。

我悠悠哉哉地走在公園裡，發現大概是從中午過後就占據好了位置的那幫人正積極地準備著宴會。

正當我心想應該就在這附近了的位置上，看見了熟悉的身影。

在深處有些低調不顯眼，卻也正要燦爛盛開的櫻花樹底下，有三個男人。

我每次都在心裡讚嘆，覺得地點選得真好。他們是怎麼每年都搶到這個位置的？是菸草屋有什麼神通嗎？

我稍微停下來，注視著正在準備宴會的男人們。

遼平頭上插著有小風車的髮簪，意外勤快地準備著宴席場地。

浩平寶貝地抱著一升（一．八公升）的酒瓶，果然準備起酒來不遺餘力。

最後，是每次看到他都會讓我聯想到圓空佛（註6），有著三頭身（只是印象，實際上應該再多一點吧）的菸草屋。

菸草屋活像是尊穩如泰山的擺飾，總覺得我在哪裡見過他這種造型的根付（註7），況且如果真的以菸草屋的坐姿為模型做只根付，設計上也算得上非常完美吧。菸草屋在抽菸時總把左手擱在大腿上，身體稍微往右傾斜，已經算是他的招牌動作了，所以要穿線就得從他左手臂的腋下那裡。

註6：圓空佛是江戶時代一位名喚圓空的僧侶行遍全國時所雕刻的佛像總稱。

註7：根付是種與和服搭配使用的小巧雕刻工藝品。因為和服沒有口袋，會用來勾在和服的腰帶上，以懸掛隨身的小物品。

我不知道菸草屋的真實年齡。

菸草屋永遠是菸草屋，從我懂事時起，就已經是菸草屋了。雖然不至於形容他是攬客用的門面，但每次看到他，總是懶洋洋地坐在店門口動也不動。

他在風雅一族中也是舉足輕重的大人物，我從小就感覺得到大家都對他又敬又畏，而他表現在眾人面前的樣子也不過是冰山一角，關於他究竟在想什麼、知道些什麼，幾乎都藏在他的面具底下。

平常都是由他單方面地告訴我們「預報」，但一年一度會一起賞花，有點像是慰勞會、感謝祭，或者是全員會議。

「噢，鮎觀，這邊這邊。」

遼平發現到我後，蠢兮兮地揮手。這男人還是一樣，一點成熟大人的穩重感也沒有。浩平稍微壓了下棒球帽的帽簷，算是他打招呼的方式。開始工作以後，稍微有點大人的樣子了。菸草屋則是悠然抬手致意。嗯，這邊就是普通的大人了吧。

走上前去，我發現地上鋪著墊子，上頭還鋪有毛毯，簡直是感激涕零。因為要長時間坐在粗糙不平的地面上很痛苦，真是太好了。而且這樣一來，多少也能抵禦地面的寒氣。

「我買泡菜來了，有番茄和牛蒡泡菜。還買了豆大福和草莓大福。」

我打開帶來的包裝。

幾個盤子上已經放有豬排和烤雞肉串。遼平一向是準備這樣的組合。

「果然豬排就是要配雞肉才能贏。」（註8）

然後一樣每次都嘀咕說著無聊的冷笑話。

菸草屋帶來的多層便當也和往年相同。他好像都是請某間熟識的小料亭幫忙準備賞花便當。有醬滷蜂斗菜和香菇、烤竹筍、西京味噌漬烤魚，富含春天氣息的菜色大多來自這份便當。

「那麼，向花乾杯吧。」

菸草屋率先簡單起頭，大家板著正經八百的表情乾杯。

「也向風乾杯。」

註8：原文為「勝ちを取りに行く」，勝ち（kachi）與豬排（katsu），取り（tori）與鳥（tori）發音相近。

接著換遼平舉杯，我們再次乾杯。

「鳥呢？」

浩平嘟噥問。

「不就在那裡嗎？」

我努起下巴指了指烤雞肉串。

「今天看不見月亮哪。」

菸草屋大口喝光了杯裡的酒。

啊，是呢。我們每次賞花都是這樣。

每次總在乾杯的時候，我才想起這件事情。

這種漫無邊際的閒聊，沒有真實感的感覺。

「不知道是哪裡的知事還首長，每次有什麼不幸災禍，就要國人自我節制別去賞花、別放煙火，那些傢伙真是愚蠢。」

菸草屋慢條斯理地打開話匣子。

他說話的語調沉穩又充滿睏意，只聽他的聲音，一點也不會覺得他是大人物，只不過是菸草屋的退休老闆。當然，實際上也是菸草屋的退休老闆就是了。

「不管是賞花還是煙火，所謂祭典大多是一種鎮魂的活動嘛。」

遼平嚼著豬排點頭。

「嗯。」

菸草屋不疾不徐地往菸管裡頭塞菸草。

「花這個語彙本身，多半近似於死的同義詞吧。繁花散盡的季節，也是傳染疾病開始流行的季節。祇園祭原本也是驅除瘟疫的祭典，花也是瘟疫的一種隱喻。」

我總覺得菸管具有把時間和空間拉回到過去的強大力量。而且說起來抽菸這件事本身，也彷彿是在吸取時間。

「櫻花因為會散盡，所以經常讓人聯想到亡魂。櫻樹森林裡有鬼。櫻花樹底下埋有屍體。尤其是在近代以後，這樣的聯想傾向更是明顯。」

遼平發揮著他的拿手絕活，也就是一邊大口咀嚼豬排，一邊還能口齒清晰地說話。

亡魂。

我不由自主看向四周。

賞櫻時，我確實總是覺得有亡魂混進了周遭的人群裡。

不分白天還是夜晚都一樣。有這麼多人聚在一起吃喝吵鬧，就算有些亡魂混了進來也不會有人發現吧。在白天公園角落的櫻樹底下，在夜晚燈籠的陰影裡，都混雜了不少亡魂。反過來說，換作我是亡魂，也會覺得賞花這種宴會可以輕易融入。

「再說了，上野公園這裡也確實是亡者之地，是亡者設宴之地。」

遼平緩緩環顧四周。

然後，他的視線固定在了某個地方上。

「喂，那是……」

他瞪大眼睛，我們也不由得跟著看過去。

在遼平的視線前方。

以淡粉色的櫻花為背景，人們各自在原地的宴席上飲酒作樂。

隨後加入的遊客絡繹不絕，只是一段時間沒有留意，人口密度已經在不知不覺間急遽攀升。

但是，我很快也發現到了遼平在看什麼，吃驚地直起身。

「——俊平？」

不遠前方有個男孩子正在來回奔跑，發出爽朗的笑聲。

我的腦袋瞬間一片混亂。

咦？是爸爸帶來的嗎？他們有預計要賞櫻嗎？

而且，俊平並不是一個人。

身邊還有一個和他同年的女孩子。看起來很活潑，頭髮略帶褐色，臉蛋似曾相識。

「俊平？」

我和遼平互相對看。

妳把他帶來了嗎？是妳拜託了岳父？

他的雙眼在這麼問我。我搖了搖頭。我們並沒有這樣說好。況且如果要來，爸爸不可能不通知我。更重要的是，俊平今天應該去了剛參加過入學體驗的補習班。

「不然那是誰？」

「不好意思，我們過去看看。」

我們向菸草屋和浩平點頭致意，慌忙穿上鞋子。

「——當心。」

菸草屋傾斜著酒杯喝酒，低喃說道。

「櫻樹底下有魔物喔。」

我們並沒有仔細去聽這句話，追上男孩子。不知何時男孩子已經和女孩一同往前跑，背影逐漸變小。

「這是怎麼回事？」

我用懷疑的眼神看向遼平。如果不是我，我只想得到有可能是遼平把俊平找來。因為遼平極其偶爾會因為心血來潮就做這種事。

這世上有分兩種人。在做任何事之前，會先聯絡一聲與不聯絡的人。遼平當然是後者。俊平曾有幾次突然失蹤，鬧得大家雞飛狗跳，結果每一次都是遼平幹的好事。因為他完全沒有事先通知我和父親，就把俊平帶走了。

抱歉抱歉，因為我突然想看看兒子嘛。

因為平常很難見到面，又是自己可愛的兒子，我也不是不能明白，但真希望他也能站在我的立場上想想看，發現俊平不見時，我嚇得心臟都要停止跳動了。大家會吵得不可開交，把已經離婚的父親帶走孩子當成是綁架，也是完全可以理解。而且每次他在沒有通知我的情況下來見俊平或帶走他，都害我擔心得要死，因此事後更讓我氣得要命。

「這次不是我喔！」

遼平極力否認。看來他對於自己至今的罪行還算有點自覺。

那孩子真的是俊平嗎？

追逐著那道小巧的背影時，我忽然覺得有點奇怪。雖然很像，但總覺得肩膀和小腿的線條不太一樣。

更讓我在意的，是他身邊的女孩子。為什麼我會覺得認識她？我在哪裡見過她嗎？有種隱晦不明的，不祥的感覺。

「欸，那個女孩子是誰？」

「就說我不知道了。不是俊平的朋友嗎？」

遼平心浮氣躁地說，但我卻是心不在焉。

有哪裡不太對勁。俊平並沒有那件衣服。然而，我卻覺得他身上的衣服很眼熟。

「真是奇怪，我總覺得好像在哪裡看過。」

快。

我們遲遲無法靠近兩個孩子的背影。明明與小孩子的腳程相比，我們一定更

賞花遊客的喧囂聲始終沒有間斷地縈繞於耳際。

忽然間，在追著兩個孩子時，我覺得周遭的顏色也在一點一點改變。

這種感覺是什麼？就好像是跑進了古老電影的場景裡頭。

左耳突然一陣刺痛。

我皺起臉後，遼平注意到了。

「會痛嗎？」

「一下子而已。」

我強裝冷靜，輕輕點頭。

不知不覺間，嘈雜聲消失了。

正前方矗立著一棵巨大的櫻樹，櫻花盛放的程度甚至讓人有些怵目驚心。

好大。怎麼會有這麼大的櫻花樹。粗糙不平的漆黑樹幹簡直像是岩石，散發

出了非比尋常的存在感。

兩個孩子就在那棵櫻樹底下，追逐著紛飛飄落的花瓣。

「這裡是哪裡？」

遼平壓低了聲音問。

我們不自覺間停下腳步。

四周不再有喝醉和賞花的遊客。

可以肯定是在某處寺院的境內，但四周悄然無聲。

天氣還是和剛才一樣微陰，空氣有些寒冷，但雲層似乎稍微變厚了，櫻花與陰天相接的境界線變得模糊。

兩個孩子在櫻花樹下歡聲笑鬧，跑來跳去。

我和遼平遠遠地看著兩人，但也慢慢靠近。

女孩子忽然不經意地回過頭來。看見她的臉了。

和髮色一樣，瞳孔也帶了點褐色。眼神看來十分好強。

「喂！」

遼平大叫一聲，我嚇了一跳。

同時，我也意會過來。

女孩子納悶地看著這裡。身上穿著橙色毛衣，綠色褲子。

她就是我。

我和遼平再次互相對望。這就表示那個男孩子不是俊平——而是遼平。

怪不得我覺得眼熟。那套衣服我小時候很喜歡吧？我對遼平的衣服也有印象。

「為什麼？」

「噓！」

遼平制止了低聲詢問的我。女孩子正在唱歌。不對，不算是唱，更像是在朗誦吧。

誰看見了風，
不是我也不是你。

可是樹葉在晃動，

風往遠方吹。

誰看見了風——女孩子用清澈嘹亮的嗓音反覆唸著。對喔，雖然我現在是沙啞渾厚的低音，但從前也有過這麼可愛的聲音呢。

令我在意的是，在她的耳朵上並沒有看見傷口。

換言之，這是在那件事之前。

遼平似乎也察覺到了這一點。

「這究竟是什麼時候的事了？」

「應該已經上小學了吧。我記得那件毛衣我一直穿到了小學三年級。」

「這是『Gunka』搞的鬼嗎？」

遼平戒慎小心地察看四周。

說不定「裂縫」正藏在某處，那群傢伙隨時會爬出來攻擊我們。我們嚴陣以待。

「我覺得不是。」

我出神地低喃。有種不好的預感。現在該不會是——女孩子忽然不再唱歌，轉過頭去。男孩子也是。

兩人定睛看著身後。

「他們在看什麼？」

遼平小聲說。

「——是幽靈。」

遼平回過頭來看回答的我，露出大吃一驚的表情。

我的臉色一定異常慘白吧。

背部一滴一滴地冒出冷汗。接下來即將在眼前發生的光景。那份記憶正慢慢從身體底層浮上來。

我看得見。

那兩個孩子正看著的東西。

豎起耳朵，可以聽見沙、沙、沙的聲音。聽似規律，但偶爾節奏也會被打亂，傳來沙沙、沙沙，像在摩擦什麼的聲音。

風雅一族以觀風為生，但每個人的能力各有不同。能力到了幾歲才會顯現，也是因人而異。

看風向、見風轉舵。觀風這件事給人的印象可能都不太好，但我們一族人同時也會從事滅火的工作，藉由火種看出哪裡將會起火燃燒。

遼平從小就能清楚看見風，但我不是。就算遼平對我說「妳看那個」、「妳看那裡」，我也不太明白他究竟看見了什麼。

雖然也不算是相對地，但總而言之比起看，我更擅長聽。可以透過耳朵聽見不尋常的動靜。

如果耳朵也有分哪一邊比較慣用，那麼我是左耳。此刻，眼前的女孩子也正探出了左邊的耳朵，下意識地想用聽力彌補視覺。

「這是……」

遼平發出了沙啞聲。

看來他也想起來了。

沙、沙、沙。

聲音逐漸逼近。

沙沙、沙沙沙，還夾雜著不規律的節奏。

不久後，終於可以看見了——現在的我，已能清楚看見。

最一開始顯現的，是一道道踩在沙地上形成的足跡。

不是「Gunka」，而是有著繩結痕跡，看似穿著草鞋的腳印。

那是十分詭異的景象。在空無一人的沙地上，只有腳印零亂地不停增加。

腳印有條不紊，但不時也有一些偏離軌道，互相重疊。看來是當中還有傷患。而且不只一人，有人甚至是得在他人的攙扶下才能勉強移動。

兩個孩子結凍般動也不動，就像是在玩一二三木頭人時的等待姿勢。

男孩子保持著在腰部往前伸手的姿勢，女孩子是突出左耳。

不行。不可以擺出那個姿勢。拜託，快把耳朵收起來。

我感覺到心臟在猛烈跳動。

小妹妹，一無所知的笨小妹妹，別再那麼毫無防備地把耳朵往外伸。

接下來，看得見腳了。

穿著草鞋，沾滿了鮮血與沙塵的腳。那幕情景看來就像是黑色的分趾布襪排成了隊伍在行進移動。

人數相當眾多。隊伍踉踉蹌蹌，幾乎就要倒下，但還是繼續前進。

看得見的部分一點一點慢慢增加，很像是有什麼東西正從地面往上冒出來，也像是從半空中開始清晰浮現。

綁腿帶上沾滿泥巴。鮮血凝固成了紅黑色以後，每條綁腿帶都顯得乾澀且僵硬，讓人分不清楚小腿上的究竟是布還是裸露在空氣中的受傷肌膚。

和兩個孩子一樣，我和遼平也無法移動分毫。

如今，在我們眼前移動的是一群滿身瘡痍的武士。

僅剩下少數的人眼裡還發著光。

他們真的就像幽靈一樣眼窩凹陷，如喪禮的隊伍般行進。

男孩子面無血色，全身在微微發抖。

他的雙眼睜得極大，由此可知他清楚看見了行走於眼前的落敗武士隊伍。

然而，女孩子並不是。

倘若親眼目睹了這樣怪異的隊伍，絕對無法再擺出那麼怡然自得的表情吧。

但是，大概是至少感受到了行經身旁的異樣氣息，她更是將左耳往外探出，想要聽得再清楚一點。不光如此，從剛才開始還慢慢地往隊伍越靠越近。

「不可以！」

我忍不住放聲大叫。

「不可以過去！」

男孩子發現到了不斷往隊伍靠近的女孩。

他慌忙揮手，示意女孩子回頭，張合著嘴巴無聲說話，但女孩子沒有發現。

一直探出左耳累了吧。

女孩子有些失去平衡，腳底下的泥沙被踢飛出去，發出了「沙」的刺耳聲響。

「噫！」

我不禁用雙手摀住臉。

我知道接下來會發生什麼事。

從手指縫隙間，看見一名武士停下腳步。

在他的視野中，一定是突然出現了一個伸出耳朵的小女孩。

那凹陷的眼窩裡亮起了幽暗微光。

他清楚看見了女孩子。

稍微露出了思索的模樣後，他把手放在腰部的刀上，慢慢抽刀。

雖然刀刃上到處是缺口，還沾滿血跡，但依然保有著完整的形狀，要砍殺一個孩子並非難事。

武士緩緩舉起了刀。

女孩子的首級就落在刀將劃下的軌道上。一旦刀就那麼揮下，女孩將身首異處。

「住手——！」

身旁的遼平大叫。

男孩子全身一震。

突然間，他好像可以動彈了。只見他一個箭步衝向女孩，抓住她的手臂，將她拉回來。

白色刀光劃破空氣。

我的左耳像爆炸了一樣滾燙。

疼痛襲向四肢百骸，彷彿有道閃光貫穿大腦。

耳垂感覺好像噴出了火焰。

不對，事實上是真的噴出了火焰。

我發出了不成聲的慘叫，摀著耳朵頹然跌坐。

「鮎觀！」

遼平緊抱住我。

但是，劇烈的疼痛只持續了一秒，沒過多久，我就發現自己能呼吸了。

耳朵的痛楚彷彿是種殘像，駭人的劇痛好像還在持續，也好像什麼感覺都沒有。

我緊抓著遼平，勉強把視線拉回到眼前的光景上。

男孩子也同樣抱著女孩子。

女孩子摀著耳朵厲聲哭喊，男孩子不斷叫著她的名字。

就在這時，櫻花不約而同開始散落。

盛放到了驚心程度的古老櫻樹，媲美暴風雪般颳起落英雨。

不對，定睛細看，那是大量淡粉色的蝴蝶。牠們混在櫻花瓣中，幾乎無從分辨。

蝴蝶們飛向落敗武士，將他們完全覆蓋。
轉眼間形成了人類外形的淡粉色雕像。
男孩子茫然地抬頭看著這陣櫻花與蝴蝶共舞形成的風暴。
我和遼平也是。
櫻花旋風掩沒了一切，把落敗武士和兩個孩子盡數吹散。
就在快要看不見兩人的身影前，男孩子轉頭瞥了這裡一眼。
嘴巴張成了「啊」的形狀。

櫻花旋風倏然消失後，周遭的喧鬧聲也重新回到耳中。
遠方傳來了喝醉人們的歡呼聲與笑鬧聲。
我依然捂著左耳，遼平也還緊抱著我。
兩人呆滯地杵在「不落地」大佛臉部的正前方。
我來回左右張望。是什麼時候跑來了這個地方？
附近的學生情侶看著我們，悄聲交頭接耳。

搞不好他們覺得我們是分手談不攏的外遇情侶檔。也是，我們不只臉色鐵青地抱著彼此還呆站在原地，看起來的確是很詭異。

我們不禁感到尷尬，火速離開現場。

「——原來不是『Gunka』，而是彰義隊（註9）啊。」

遼平茫然自失地喃喃說。

我仍舊捂著左耳。

前端少了一截，形狀醜陋的左耳。

雖然已經不再疼痛，但每當發生異狀時仍會抽痛的，我的耳朵。

「我完全忘了原來當時是那樣的情況。只記得是在這個季節。」

「我也忘了砍傷妳的是那種傢伙。因為當時腦袋太混亂了。」

大群賞花遊客四處移動。

沒來由地，看起來像透了剛剛才見過的落敗武士隊伍。

「上野森林是發生過上野戰爭的地方呢。」

遼平嘆氣說道。

「為什麼偏偏在今年看見了這麼奇怪的東西——不對，是想起來了呢。」

心情恍若大夢初醒。

我確實看見了與俊平如出一轍的遼平。

遼平也同樣看見了。所以，才和我一起追過來。那兩個孩子確實出現過，我們也是跟著他們來到了這裡。

可是，明明我們已經在這裡賞花了好幾年，在這之前卻從來沒經歷過這種事。

「是因為俊平也升上小學了嗎……」

遼平微低著頭嘀咕說。

「很接近那時候的歲數吧。」

我心頭一驚。

難不成俊平也快要有類似的遭遇了？該不會那孩子剛才也看見了什麼吧？

不安湧上心頭，我不自覺握緊了口袋裡的手機。

好想聽聽那孩子的聲音。想委婉地問問他，有沒有發生什麼事。

註９：明治初期由舊幕府軍結成的反政府組織，於上野戰爭中落敗而解散。

但我接著想起了現在還在補習，勉強打消了打電話的念頭。
不過，我還是無法死心地看向手機螢幕，發現收到了一封訊息。
打開一看，沒有標題，只有一行字。
『沒事嗎？』
「話說回來……」
遼平驚覺到了什麼似地看向我。
「我想到了一件很驚人的事情。」
「什麼？」
聽見自己的聲音變得沙啞，我嚇了一跳。
「該不會是因為我剛才對那時候的自己喊了一聲，鮎觀才得救的吧？」
「咦？」
一瞬間，大腦明白不過來是什麼意思。
遼平說得支支吾吾，好像難以啟齒。
「呃，就是剛才，我大喊『住手』的時候，那傢伙不是嚇了一跳，才把鮎觀拉回來嗎？要是那傢伙沒把鮎觀拉回來，當時妳可能早就被殺死了吧。而且，那傢伙看到我了。因為聽到我的聲音，才回頭來想知道是誰在大叫，然後和我四目相接。」

我在內心叫了一聲。

的確是這樣。

那孩子本來結凍般動彈不得，但是在聽見遼平的聲音以後，突然就可以動了。

我愣愣看著遼平。

是未來的遼平救了過去的我？會有這種事嗎？從悖論來看該怎麼解釋？

「所以遼平是我的救命恩人嗎？」

我發出了不高興的聲音，遼平可能以為我是在生氣。

「呃，不，怎麼可能嘛。」

遼平搔了搔頭。

也許是吧。也或許不是。

「啊……不過，真是嚇得我都減壽了。得回去重新喝點酒才行。」

姑且不論遼平是不是我的救命恩人，這個意見我倒是同意。

可能是因為驚神未定，我們花了點時間才找到賞花的位置，當總算看見了菸草屋與浩平時，不由得如釋重負地吐出大氣。

菸草屋見到我們，大概是感覺到了什麼，輕輕點了頭。

櫻樹底下確實有魔物。

誰看見了風。

冷不防地，過去我那嘹亮的歌聲在腦海裡重現。

為什麼我會唱那種歌呢？當年的我還看不見風。也是因為這樣，才遇到了那種事。但是，我還是感覺到了什麼，聽到了什麼。所以，才對那首歌印象深刻吧。

誰看見了風，
不是我也不是你。
可是樹葉在晃動，

風往遠方吹。

第四話

大阪不可侵犯

「——好熱。」

走出新大阪站的驗票口，我脫口第一句話就是這個。

夏天當然很熱。日本全國各地都很熱。東京也是熱死人。但是，關西的熱不太一樣。東京的熱是都市的熱，是鋼鐵的熱，是柏油路面的熱。

但大阪不同。我覺得這裡的熱是人體的熱。是人類經年累月的情感與怨念的熱。所以，我有些抗拒來京阪一帶。感覺風和身體都變得沉重。

我想著這些事情，走在正午過後的大阪中心。

「奇怪。」

浩平在旁邊咕噥說。

我明白他想表達的意思。

我老早就有種難以形容的不妙預感了。這種感覺就像是一座山頭外有低垂的雨雲，低氣壓正在慢慢逼近，感覺得出以前受過傷的膝蓋在隱隱作痛一樣。

老實說，我從走出梅田就隱約有這種感覺了。浩平說得沒錯，這裡的氣氛只能以奇怪來形容。

這點也是我對京阪地區感到適應不良的地方。不同於某方面而言總是十分空曠，吹著乾爽涼風的關東，這裡土地本身的記憶非常濃厚。也因此那幫傢伙揹在背上的東西更為沉重，使得這邊作業起來相當吃力，聽說啦。

氣息從遠遠前方的空曠場所傳來。

「看。」

浩平很快揚揚下巴。

前方有一棟格外巨大且富含特色的大樓。

「大阪府警察本部還真氣派哪～」

大樓向著十字路口的那面玻璃窗牆呈現半圓弧狀。不對，那面牆向著的——應該算是大阪城才對。

「大樓風。」

浩平再次嘀咕說。

我完全能明白浩平想表達的意思。巨大府警本部的玻璃窗牆正好像是凹面鏡的形狀，風與光線都會在此漫反射。大樓前方的大阪城公園面積廣大且開闊，風也會從那裡迎面吹來。說不定大阪府警當初是考量到了風水，想用這面黑色窗鏡，把從對面推過來的某些東西反彈回去。

浩平聳聳肩，大概是有一樣的感覺吧。這種氣息、大樓、地形，總有種不祥的預感。而且美好的預感與早晨電視裡播報的如「今天的幸運星座第一名是水瓶座！很可能會發生什麼好事喔！」這種占卜往往絕對不會中，不好的預感卻偏偏特別靈。

「受不了，真希望這種大掃除出差能有特別津貼。」

我忍不住發牢騷。

京阪地區一般並不是由我們負責，是去了關島「工作」的菸草屋臨時拜託我們，說是「那邊現在有點忙不過來」。話說回來，強調他是去關島「工作」才讓我匪夷所思。腦海中不禁浮出了我滿腹納悶地反問後，菸草屋大言不慚地回答「那邊可是激烈戰區」時的表情。直到現在這一刻，我還是抹除不掉對他的懷疑。他該不會美其名是工作，實際上是去度假吧？

而且，鮎觀這次也沒辦法出動。

她很冷淡地說：「啊，抱歉，這次我不行。我有事要和爸爸跟俊平一起出門。」

從她疏遠見外的態度來看，該不會是要去相親吧？我對鮎觀也起了疑心。況且是她本人告訴我再婚這回事，所以我的懷疑也不算無憑無據。回想起來，我們已經三個月沒見到面了。三個月的時間，人類可以做很多事。更何況現在是盂蘭盆節，善良的市民都在放暑假。

我忽然發現身旁的浩平挺直了背。

好像是因為再度在大阪城公園的入口發現了奇怪的東西。

我也注意到了其真面目。像在模仿浩平，我也挺直了背。

那個是——菸草屋說過會派人來支援，想不到居然是那傢伙。

「喂，快點裝作不認識。馬上變更路線，從另一邊進去吧。」

我低聲說，浩平也點點頭。

兩個人偷偷摸摸地在大阪府警本部前面轉彎，想往大阪府廳的方向移動。

就在這一瞬間，我在眼角餘光中看見了有什麼白白的東西正以驚人的高速往我們衝過來。

「噫！」

上手臂立刻竄起雞皮疙瘩。

好恐怖！怪談裡面經常出現用超乎常人的速度追逐車輛的白婆婆或長髮女人，但我現在居然大白天就在大阪切身感受到速度超快的怪物有多恐怖！

「討厭啦，遼平、浩平，你們要去哪裡啊～」

超級沙啞卻也非常響亮的嗓音貫穿腦門。

「咻！」的一聲，不知何時那個白色物體已經站到我們面前，擋住去路。

我和浩平就像被愛欺負人的壞孩子逮住了的小學生，害怕得緊靠在一起。

「好久不見了呢～不知道有幾年沒見了～」

好幾年沒聽見的嗓音不只具有等同牙鑽的殺傷力，對方的視覺效果也讓人感到非常痛苦。

「好亮。」

我忍不住瘋狂眨眼睛。

粗啞嗓音更是連珠炮似地襲來。

「咦？什麼很亮？人家嗎？你是說人家神聖又亮眼到了讓你淚流不止的地步嗎？哎呀呀，經常有人這麼說呢～」

眼前這男人穿著三件式的純白麻料西裝，在盛夏陽光的反射下幾乎要讓人出現雪盲症的症狀（不，實際上已經出現了），今天甚至還加戴了一頂白色巴拿馬帽。

「少裝了，你聽力明明好得很！」

我火大得咆哮，男人豎起耳朵。

「咦咦？聽力很好？人家嗎？」

大白天在大阪府警察本部正門口，這四角形的大男人卻故意裝得十分吃驚。

每次看到這男人，我都會聯想到羊羹。因為他有著黝黑膚色，肌肉又很壯碩，體型幾乎算是立方體。如果把這男人塞進虎屋的羊羹盒子裡，說不定可以完全密合沒有空隙。但要是有人收到這麼巨大又噁心的羊羹，肯定會馬上打一一〇報警吧。

「啊，對喔，原來是人家還戴著耳機，難怪覺得聽不太清楚呢～誰教遼平你們突然逃跑嘛～」

男人這才想到似地拿出耳中的耳機，塞進胸前口袋。

我長嘆口氣。

「阿芳，果然你就是今天的幫手嗎？我還以為在盂蘭盆節假期，有空的只有我們兩個。」

「哎呀~闊別已久的重逢，你這討人厭的態度算什麼嘛~」

好不容易降低了音量，那扁平的沙啞怪腔還是很刺耳。

「浩平，怎麼樣~適應公司生活了嗎~」

阿芳忽然轉頭看向浩平，伸手拍了拍他的背，浩平立即嗆到。

雖然有著「芳」這個可愛的名字，但這男人從前可是陸上自衛隊的空降部隊，還是摔角的國體選手。基礎體力和臂力非同小可，只是被他摸一下頭，很可能就會有馬鞭式頸部創傷。腦海中浮出了熊好心一拍卻打死人的畫面。

「知道了、知道了，快點搞定吧。」

我斜眼覷著彎腰咳個不停的浩平，下定決心。

「嗯哼。」

阿芳露出令人發毛的微笑，率先邁開腳步。

「那今天的地點——」

「想也知道，當然是大阪城呀~」

阿芳發出嘎哈嘎哈的低沉笑聲。

「盂蘭盆節這時期好忙呢～因為亡魂到處都是～」

「就算不是在大阪城，亡魂也到處都是吧。」

我嘀咕說完，阿芳的肩膀抖動了一下。

「哼……是嗎～」

他不自然地左右搖著屁股，繼續前進。

「好熱。」

「哎呀～你們不是和風感情很好嗎？請祂送點涼爽的微風來吧。」

阿芳對擦著汗的我們嘲諷地哼了聲。

像在回應阿芳的挖苦般，風戛然而止。

大概因為是夏季的日頭太悶熱毒辣，觀光遊客並不多。眼下又是日正當中的時刻，甚至看不見自己的影子。

嗚啊，感覺真討厭。

我汗如雨下，朝著大手門（正門）走在有些傾斜的上坡路上。感覺只要稍微鬆懈心神，馬上就會失去意識。這是所謂的中暑嗎？

看著前方聳立的石牆，據說當時是命人從全國各地捐獻石頭，再把石材展覽會般壯觀的特大巨石巧妙地堆疊起來，簡直足以媲美印加文明，但不知為何在那個當下，我心中卻冒出了奇妙的感想。

拜託這些石頭可不要飛起來。

有人說，內心真正的願望絕對不能說出來。因為一旦說出口，魔物便會聚集而來，讓你的願望絕對無法實現。

但是也有人說，真正的願望應該時常掛在嘴邊。因為這就像在對自己和身邊的人事物念誦咒語，提高願望實現的可能性。

我不知道哪一種說法才正確，也恐怕兩種說法都正確吧。那麼，我的話會是哪一種？

然而，我立即忘了自己曾冒出過這樣的感想。

因為才穿過正門，就見到了異常的景象。

還以為自己的眼睛出了問題，我忍不住和浩平對視。但是，因為他同時也看著我，所以很顯然他也想著和我一樣的事情。

我平常很少看電視，也不怎麼看時代劇。頂多記得水戶黃門和大岡越前，日本史課上也記不住那些專有名詞，並不是我擅長的科目。

但是，可是，這個——

明明處在炎熱日頭下，我卻流下了冷汗。

來了。恐怖的東西突然來了。而且還很多。

連我也看得出來眼前一字排開的隊伍穿著一身很久以前，而且還是戰國時代（大概）的服裝（角色扮演？）

他們臉頰凹陷，面色如土，頭髮亂得跟稻草沒兩樣。骨瘦如柴的臉看不出年紀。看起來像是有點年紀，但我也覺得搞不好其實很年輕。

只有布滿血絲的雙眼分外醒目，閃著炯炯精光。

會感到有些熟悉，是因為我之前才在上野有過奇妙的遭遇。我看見了小時候的自己和鮎觀，那幕光景有點時間悖論的味道。

但是，當時的隊伍是散發出了落敗武士的氛圍，如今排列在眼前的隊伍卻不是。他們手上拿著長槍，明顯已經做好了赴死的覺悟，飄散著難以撼動的懾人氣魄。

簡單來說，就是非常難以靠近。現場的氣氛根本一看就知道他們不會歡迎我們，讓人很想馬上捲起尾巴落荒而逃。

「阿阿阿、阿阿阿芳，這這這、這是怎麼回事啊？」

我走向泰然自若地盤著手臂，打量這個陣仗的阿芳逼問。

「哼，沒辦法嘛，誰教現在是盂蘭盆節呢。」

阿芳用小指掏掏耳朵。

「夏之陣。」

浩平嘀咕說。

我當然也知道是這麼一回事。外護城河被填平的城池想也知道有多麼悲慘，根本起不了城池原本應有的作用。

「但大坂夏之陣是發生在五月吧？就算是看舊曆，季節還是不太對吧？」

阿芳朝小指上不知是耳垢還是什麼的東西用力吹了一口氣。

「有什麼辦法嘛，每年都是這副德行。好像是到了這個季節就會想起攻城的記憶，所以根本進不了城呢。人家還以為你們有辦法解決，看來果然是不行呢。」

「怎麼可能有辦法啊！我們負責的明明是『Gunka』，比明治維新更早以前的可是敬謝不敏。」

「可是，如果他們不讓我們過去，我們也到不了『Gunka』那裡呀。」

「『Gunka』他們在哪裡？」

「原第四師團司令部。」

「嗯，以常理來看我想也是。」

我已經事先大概背下了大阪城的平面圖。

通常為了防禦，能夠建蓋城堡的地點十分有限。即使時代變了，執政者改朝換代，大多會在相同的地點繼續使用城堡。

豐臣秀吉耗費十五年歲月建蓋而成的大阪城，若沒有德川家康強詞奪理的誣賴，應該也會是難攻不落的城池吧。

雖然曾被一步步奪走了城池應有的功能，遭到攻陷，但大阪城後來又在江戶時代重新建造，明治以後軍隊想徵用時，大阪市民以提供資金為條件，整頓成了公園。話雖如此，當時大阪城東邊的大半占地都成了軍需工廠，在當時還是被喻為東洋規模第一的大工廠。

東京九段靖國神社的青銅鳥居也是在這裡鑄造的。雖然在砲兵工廠鑄造鳥居給人很奇妙的感覺，但這件事可別告訴任何人，好像是也有人認為，鳥居事實上也是防彈兵器的一種。

也因此那裡才是我們的目的地，而不是戰國時代地區，但軍隊建蓋的司令部位在穿過大手門後的深處，往西北方就能看見天守閣。

「嗯……請問方便讓我們過去嗎——噢噢。」

我戰戰兢兢地走向一名看起來最溫文和善的矮小男人，試著朝他揮揮手，釋出善意的笑容，但他馬上惡狠狠瞪來，朝我舉起發著鈍光的長槍，嚇得我立即後退。

「看來是不行呢。真傷腦筋，哈哈。」

我尷尬地乾笑，搔了搔頭，阿芳和浩平用冷冰冰的目光迎接我。

「不是還有其他大門嗎？像是京橋口那邊。」

「是呀，但要從這裡繞上大半圈，走到那裡會讓人家這個弱不禁風的淑女累得去掉半條命呢。」

「你哪是淑女的長相啊。」

我忍不住在嘴裡咕咕噥噥，阿芳立即啞聲叫嚷：「你說什麼？是不是說了什麼啊？」我急忙揮手：「沒事，走吧。」

「液體。」

浩平語帶怨恨地嘀咕。

他的發言極短，所以無法判斷這句話的意思究竟是「我熱得身體快融化成液體了」，還是「我強烈渴望攝取冰冷的液體」。

「之後我再買冰給你。」

我試著這麼說，但沒有回應。

大白天，三個男人形成的奇妙組合步履蹣跚地折返，走出大手門，再走向護城河外側的道路。

「──話說回來，最近太常出現了吧。害我原本的工作只能一直丟著不管，現在窮得苦哈哈。我真的不適合做這份工作。更何況在這年頭，把自己的生活置之度外，為善不欲人知的英雄早就不流行了。」

我抱怨完後，禁不住嘆氣。

「為什麼『裂縫』會這麼頻繁出現啊。」

「嗯，說穿了，就是希望戰爭打起來的人變多了吧？」

阿芳爽快回答。

「是嗎～」

我歪了歪頭，但阿芳說著「是呀」大力點頭。

「只要想要打仗、希望戰爭發生的人增加了，『Gunka』他們就會感應到這股渴望，衝破『裂縫』不斷跑出來。人類呢，就是一定會有固定一群人討厭孜孜不倦腳踏實地的生活。那群人老是在觀望，希望這個社會出點事情，或是發生什麼可以一舉改變這個世界的事，讓原本的世界陷入混亂。這種人只要過了一段和平安穩的日子，馬上就會感到厭煩，而且數量還會慢慢增加。以前班上不是也會有這種人嗎？一叫他安靜自習，過沒五分鐘就坐不住，馬上站起來吵吵鬧鬧。」

「你說的不就是自己嗎？」

「哎呀，才不是呢，討厭～人家以前可是愛詩的文靜文學少年唷～」

阿芳一掌往我的肩膀直至胸口拍過來，我瞬間停止了呼吸。

浩平用充滿同情的眼神看著我。

好痛。痛死我了。希望肋骨別被拍出了裂痕。

我花了將近一分鐘的時間才有辦法重新正常呼吸。再不快點辦完正事，我和浩平別說是縫好「裂縫」了，搞不好會被阿芳一掌拍到掛掉。

辦公室大樓群瀰漫著昏沉的睡意，護城河水反射著刺眼的陽光。路上行車不多，人影也很稀疏。一切看來像是白日夢的幻影。

不過，大阪城公園還真大。太閤大人，夏天很痛苦的。我們走了很久都還沒走到京橋口附近。

「對了，遼平。」

阿芳冷不防停下來，像人偶的頭一樣只把臉部轉向我這邊。

我反射性地往後飛退。至於讓我聯想到了電影《大法師》這件事，就放在心裡別說出來吧。

「幹嘛？」

阿芳定睛測量著與我之間不自然的距離，揚起了讓人心裡發毛的微笑。

「聽說鮎觀要再婚了？」

「咦咦咦？」

我發出了連自己也不敢相信是從我口中發出來的窩囊大叫。

「什什什、為什麼你會知道這種事？咦咦咦，那傢伙真的要再婚嗎？」

接著我更是狼狽到了連自己都覺得丟臉的地步；阿芳卻愣了一下看著我，再自以為是少女般地用雙手捧著臉頰，扭動身體說：

「哎呀呀，原來這個不是假消息嗎？討厭啦～我只是開玩笑說說而已。哎呀～所以真的有這麼一回事呀～」

「才、才不是，我根本沒聽說。」

我簡直是自掘墳墓。這件事恐怕會透過阿芳，明天就傳遍整個關西。

「我想也是嘛～鮎觀原本就是配給你太可惜的好女人了。現在也還很受歡迎，算算時間是可以再婚了呢～」

「怎麼這樣！父親、父親，可是我。」

連我也聽不懂自己在說什麼，又在辯解什麼。再加上我突然覺得汗水格外刺激眼睛，不知從什麼時候開始，竟然嘩啦啦地眼淚直流。

阿芳和浩平大吃一驚地看著我。

「哎呀呀，遼平，你在哭嗎～你真的在哭嗎？討厭啦～」

阿芳就像愛欺負人的孩子一樣，直盯著我的臉瞧。

「我沒有哭。這是汗，這是汗啦。」

我嘴上這麼說，卻像小鬼般不停揉眼睛。

浩平像是生氣了，戳了戳阿芳的肩膀。

「反省。」

「對不起～」

阿芳忸怩作態地向我低下了頭，所以我也輕輕點頭，三人再度搖搖晃晃地並肩邁開步伐。

但是，剛才的眼淚是怎麼回事？是因為難過嗎？還是太沒出息？因為我被觀拋棄了嗎？

我的腦袋完全運轉不過來，看來是因為不只流汗，還因為流淚讓身體流失掉了太多水分。這下子真的不太妙。得找個地方補充水分。

前方終於可以看見京橋口了，入口處的橋建造成了優雅的拱橋造型。橋的對面是鬱鬱蔥蔥的樹林。

太好了，有樹蔭。

但才鬆了口氣沒多久，我們再次停下腳步。

橋上有個更甚於大手門那裡的可疑人物。

我和浩平面面相覷。

這次不是戰國時代的步卒。

「那是什麼啊？」

站在橋上堵住我們去路的，是一個穿著破破爛爛和服，頭髮極長的女巨人。

嗯……我不是很清楚這女人該考據哪個時代。

我用昏昏沉沉的腦袋打量前方的女人。

「那個女巨人是誰啊？」

我低喃說，阿芳縮縮脖子。

「聽說前面那一帶在江戶時代有過鬼屋唷～好像還有名到現在在那裡立了牌子呢～」

「鬼屋？出現了怎樣的鬼怪？該不會就是她吧？」

阿芳「嗯～」地陷入沉思。

「在人家看來呢～既然是在江戶時代變成了鬼怪，應該是在那之前就死於非命了吧。你看看她的衣服，不覺得很有平安時代的風格嗎？雖然現在變成了那樣的女鬼，但原本一定也是某公卿大臣的大家閨秀吧。在備受呵護的環境下長成了清純可愛的千金大小姐，卻倒楣地遇上了壞男人。苦苦等著要與對方比翼雙飛，卻遭到男人狠心玩弄，最終迎來了心碎的悲慘結局。可惡啊我的男人，你為什麼背叛了我～我一定要報仇雪恨。愛有多深，恨就有多深。我要詛咒你這個美男子永生永世——於是乎她就成了這樣的女鬼啦～哎呀呀，真是讓人傷心落淚的悲劇呀。」

「真的有這種史實嗎？」

我問，阿芳用輕蔑的眼神看我。

「才不是呢，是人家自己剛才編出來的，很棒的故事吧？呀！討厭，人家還真是浪漫！」

阿芳逕自感到難為情，還拍了三下我的背。而且是用足了力。

因為太過突然，我閃避不及。

我再次暫時停止呼吸，襲向全身的劇痛讓我的腦筋變成一片空白。

這次我甚至痛得流下眼淚。太閤大人，每天為了世界和平鞠躬盡瘁的我，受這樣對待未免太狠心了。

「姑且不論你的妄想。」

我用沙啞的聲音嘟噥。

「問題在於那個女人願不願意讓我們通過吧。你看，她根本是不動如山地站在那裡……」

「遼平，加油！」

阿芳突然間牢牢扣住我的雙肩，把我舉起來。

咦？

我感覺到了自己的身體往上懸空，忍不住踢踢腳，但阿芳的雙手簡直像虎鉗一樣死死扣著我的肩膀，然後竟然就這麼開始往橋上大步移動，再把我高舉到女巨人面前。

「啊哇哇。」

我整個人陷入恐慌。

眼前有一張龐大的臉。

但那張臉說是扁平也不太像，比較像是隱隱罩著一層灰色霧靄，形成了渾濁不清的空洞。可以肯定的是被迫在這麼近距離下觀賞，絕對讓人心情好不起來。

她的一頭白髮如枯草般任其生長，還像獅子的鬃毛般在臉部四周披散，一根根毛躁乾澀的髮絲感覺非常逼真。

女人動也不動，活像堵高牆杵在那裡。

就在我開始懷疑她到底看不看得見我時，她忽然緩緩伸來手臂。但說是手臂，其實幾乎只剩下骨頭。一看到那又長又恐怖的灰色手指，我全身竄起雞皮疙瘩。從那勉強還包覆著一層乾燥皮膚的骨感手指，我彷彿看見了女人直到變成這副模樣為止，至今始終都還沒有散去的深不見底的執迷與怨懟。

阿芳就在這時候突然把我放開，我的身體於是垂直往下掉落，女人伸出的手指掃過了我剛才頭部所在的地方。

我猛然打了個寒顫，感覺就像有道冰刃劃過我的頭頂。

「噫——」

我想也不想就從女人旁邊穿過去，以最快速度過橋。

「哎呀～怎麼自己先跑呢～」

阿芳的聲音從後面追來，但誰管你啊！不就是你突然把我舉到女鬼面前嗎！

緊接著身後再傳來腳步聲。

回頭一看，只見阿芳和浩平也追著跑上來。順便說，那個女巨人也是。

「嗚哇！跟過來了！」

「別丟下人家嘛～」

「至少妖怪該丟著吧！」

這真是幅奇妙的光景。三個大男人加上一個女巨人，正形成了一列隊伍在大阪城公園裡奔跑。瞬間我不禁想起了高中時期的社團活動——輸了的一年級要跑不忍池十圈喔～

女巨人明明腳步踉蹌，速度卻意外的快（因為個頭大，步幅也大），保持著不即不離的距離跟上來。

「她為什麼要跟過來！」

「因為要詛咒美男子吧～」

「哪來的美男子啊？」

「當然是人家呀～」

跑進了林子的樹蔭底下後，氣溫仍然熱得嚇人。我已經快要昏倒了。

「咦？消失了。」

阿芳的納悶叫聲讓我回過頭。

明明我跑步跑到上氣不接下氣，阿芳卻一派悠然自得，甚至連滴汗也沒流。

「這傢伙該不會也是妖怪吧？」的疑惑閃過腦海。

女巨人確實消失了蹤影。

眼前只有一片空蕩蕩的夏日公園。

「這是因為——我們已經過了——平安時代的區域吧。」

我手支在膝蓋上，氣喘吁吁地說，努力調整呼吸。

大阪城真是可畏。居然每個時代都有不同的負責人，堪稱是妖怪主題樂園。

「我們快點——走吧。再繼續冒出這種東西來，我身體撐不住。」

「遼平，你身體是不是變鈍啦？」

「是你壯得異於常人。」

我東倒西歪地邁開雙腳，登上樹林環繞的蜿蜒坡道。某處的烏鴉發出叫聲。

「可是還真神奇呢~居然半個人也沒有。」

「會大熱天挑盂蘭盆節來大阪城的人才少見吧。」

一抬起頭，就能看到前方巨大的天守閣。

到處無不竄起蒸騰熱氣，彷彿是從這個世界散發出來。

我有那麼一瞬間覺得意識飄遠。

隔著熱氣看去，天守閣好像在搖搖晃晃，宛若一座燃燒著滔天烈焰的城堡。

惡夢——不好的幻影。

「大阪城真的好大啊——」

我們好一會兒出神地仰望天守閣。

因為油然心生了一種奇妙的感慨——總覺得人類的欲望、野心、情感，就這麼化作形體，建成了大阪城。

不光是秀吉一個人的。是由如他一般，無數個秀吉所體現而出的人們想站上頂點的執念，才化成了天守閣那樣不停往上堆疊想觸及蒼天的形狀，「顯現」在外。

我深深覺得人類真是一種業障極重的生物。就算時代改變了，採取的行動還是一點改變也沒有。

我倏地打了哆嗦。

當然我們也包括在內。特地跑到這種地方來做這種事，也是「業障」的一種。

我們一同繞過天守閣，繼續前進。

被搖曳熱氣包覆的世界。

杳無人煙的白晝的死角。

奇怪了。天氣再怎麼熱，也不可能像這樣半個人也沒有。

雖然大腦一隅在想著這件事情，但我們恐怕早在這時候就已經闖入了其他地方吧。

忽然我感受到了一股寒意，還有些許的霉臭味。是我熟悉的臭味。

偏偏在這種時候感到懷念的自己真是可怕。所以比起平安時代的妖怪和戰國時代的步卒，我更適應這邊了嗎？

「Gunka」所在的建築物一眼就能看出是哪一棟。

因為在這麼明亮的盛夏午後，卻只有那裡明顯異於周遭，看起來很「昏暗」。存在本身雖然存在，卻又像是「影子」，真不知道這樣形容對不對。

那棟建築物左右對稱地平坦延伸，相較於天守閣十分低調，彷彿在地面盤踞。

中心是較為突出的四角形高塔，門廊所在的正面玄關有著由拱形柱子支撐的屋頂。

這棟舊司令部廳舍在戰後由GHQ（駐日盟軍最高司令官總司令部）接收，又歷經了大阪市警總部與市立博物館的頭銜演變，留存到了現在。目前為封鎖狀態。

窗內漆黑一片，什麼也看不見。只有那裡是濃密的「黑暗」，進入「夜晚」。我不由得想起了雷內・馬格利特（René Magritte）的畫。

「氣氛滿分。」

浩平嘀咕說。我也有同感。

我們在萬籟俱寂的建築物四周繞了一圈。

後方圍繞著樹林，蒼鬱且陰暗。樹木之間可以看見遠方廣闊的大阪市街。

但是，這裡就只有我們踩過枯葉的聲音悶聲迴響，完全感覺不到其他氣息。

「『裂縫』在哪裡啊？」

我忍不住歪頭。

別說「裂縫」了，甚至沒有風。回想起來，從剛才開始連一點微風也沒有。是和之前一樣，藏在了某個地方嗎？

但是根據直覺，我認為這棟建築物裡什麼也沒有。只要是與「Gunka」有關的事情，我的直覺向來和不祥的預感一樣準確。

「真是奇怪了～以前通常都是在這一帶呀～那些傢伙明明不太會離開自己的勢力範圍～」

阿芳也歪了歪頭。

「呃，沒有『裂縫』就算了，我是沒關係。」

忽然間，我聽見了惡魔的呢喃。

既然什麼也沒有，不如趕快撤退，去梅田喝杯冰涼的生啤酒吧。

冰涼的生啤酒——一聽到這個字眼，我忽然覺得現在這種堪稱離譜的酷熱簡直讓人難以忍受。

沒錯沒錯，菸草屋不也去了關島嗎？我也得要求出差津貼。

我不禁想像起了啤酒上頭的黃金泡沫，為之沉醉陶然。

就在這時，四周驟然變暗。

像有人按掉了電燈開關一樣，陽光消失了。

我們怔怔地看著彼此。

有什麼事情發生了。

到底是什麼事？

當然，其實我們早就心知肚明，那個什麼事情就發生在頭頂上方。否則的話，不可能遮擋得了剛才還那麼熾熱耀眼的陽光。

但是，我們的視線還是無法從彼此臉上移開。

不行。不能抬頭去看天空。一旦現在抬頭了，可以肯定絕對會看見某種不合常理的東西。

我連浩平和阿芳臉上的毛細孔也看得一清二楚。這還是我第一次這麼目不轉睛地打量他們的臉。

浩平，眼睫毛好長。

阿芳，仔細一看居然是內雙。我一直以為他是單眼皮。

異常的沉默持續著。

這樣算是三足鼎立的局面嗎？要是三個人都拿著劍，等著對方出手，結果就是誰也無法動彈。例如像是飯匙蛇與貓鼬與野狗的對峙？

緊接著傳來了煙火般的「碰、碰」巨響。

有哪裡在舉辦煙火大會嗎？在這種大白天？

阿芳神色焦急地悄聲開口。

「聽好囉，我數一、二、三，我們一起抬頭往上看。大家要同時喔。不可以自己偷跑！」

他用食指指著上方。

浩平和我不語地微微點頭。

「一、二——」

阿芳小聲說道。

「三！」

我們不約而同抬頭。

石牆飛起來了。

更正，是原本組成了石牆的石頭正飄浮在半空中。

而且還不只一、兩塊。就像是把3D立體益智玩具拆解開來般，無數巨石凌亂地散布在半空中。

難怪覺得很暗。連那些幾乎跟小卡車一樣大的石頭都浮在了半空中，會擋住太陽光也是不足為奇。

天空搭配上圓點圖案。是草間彌生（註10）的新作品嗎？不過，其實石頭並非圓點狀。每塊石頭都四四方方，真要說起來比較像是天空中散布著方糖。

因為太過出乎意料，連阿芳都啞然失聲。

浩平也張大了嘴巴。

至於我呢，正忙著後悔早知道剛才不應該在心裡想什麼「拜託這些石頭可不要飛起來」。

但是，在我的想像畫面中只有一顆而已。我只想像了有一顆石頭浮在半空中，並不是這麼多顆石頭喔，太閤大人。所以，這可不是我的錯。

「這是什麼啊~鬧鬼現象嗎？我是聽說過有小石頭會飛向青春期少女這種傳聞啦~」

阿芳總算開了口說話。

「哪裡有青春期的少女啊？」

「當然是人家呀～」

阿芳捧著臉頰說，我懶得理他。

「那麼，這又是誰搞的鬼？」

「嗯……我也不知道～因為有嫌疑的對象太多了呢～我也是第一次看到這種情況～該不會這其實是遼平你們的歡迎派對～」

「光榮。」

浩平沒好氣地咕噥。

「啊，有人在石頭上面。」

留意到以後，我忍不住伸手往上指。

「真的耶。」

「情況有點奇怪。」

註10：草間彌生為日本藝術家，經常在作品中使用圓點圖案。

因為視覺效果太過震撼，所以一開始並沒有注意到，但其實半空中到處都迸發著細小火花，有什麼在來回移動。

還有人在揮舞刀和長槍。

「嗚哇——」

我很快就明白了。

原來是步卒們分別站在石頭上，揮舞著武器，正在和人戰鬥。

而對方也站在石頭上，一邊飛快移動，一邊展開激烈的短兵相接。

身穿褲裙的魁梧和尚在空中來回跳躍。

「嗯……真像是CG合成影像呢。那些和尚是誰啊？」

「那才不是和尚！是僧兵啦！」

阿芳興奮大叫。

「真叫人吃驚呢～這麼說來，秀吉就是在石山本願寺的遺跡上建造了大阪城呢！說到石山本願寺，可是連信長也大為頭痛的一向宗總部喔。那裡的僧兵可是史上最強的士兵集團。信仰虔誠的人真是可怕呢～」

「原來如此，那他們與執政者那邊的人可說是命中注定的戰鬥吧。」

浩平「啊」地叫了聲，指向某一點。

循著他指的方向看去，我和阿芳發出沉吟。

不光是步卒和僧兵。

石頭上面還有拿著南部手槍的「Gunka」。「碰、碰」的清脆槍聲此起彼落，原來不是煙火，是他們開槍的聲音。

看來他們之所以不在舊司令部，是因為都跑來這邊了。

「他們是在和誰戰鬥啊？」

看樣子他們已經敵我不分，陷入混戰，連時代也混在了一起。

過去曾在這片土地上爭奪霸權的人們，只因被過往的淵源絆住，一直持續著永無止盡的戰鬥。刀對長槍，鎖鐮對手槍，武器也是五花八門，完全是一片混亂。

但比起這件事，我更好奇這麼大量的石頭要怎麼樣才能回到原位？雖說不是因為我的關係，但我還是很在意這件事。也不知道這樣混亂的群戰要怎麼落幕。

還是回去吧。反正留在這裡好像也派不上用場。

我悄悄察看四周，尋找可以逃脫的路線。就算他們罵我懦弱、說我拋棄了自己的職責，但恐怖的事情還是恐怖，不知道該怎麼處理的事情還是一樣束手無策。

阿芳和浩平正入迷地觀看著空中大戰，就算我不見了，他們一段時間內也不會注意到吧。

我躡手躡腳地想移動腳步時，彷彿看準了這一刻，起風了。

我不由得「嗚」地停下腳步。

阿芳和浩平也馬上有了反應。

這一次，我明確感覺到了天空急遽變暗。

天空湧現了漆黑的烏雲，寒風捲著漩渦從頭頂上方猛烈吹來。

「裂縫！」

浩平大喊。

半空中確實出現了一個閃爍著黯淡微光的光點。那無庸置疑是「裂縫」，風正從那裡噴出來。

「可惡！」

我不自覺咂嘴。要是「裂縫」沒出現，我老早就開溜了。

「嗯～但有點遠呢～」

阿芳仰望著上空說。

「不過，這也沒辦法～遼平、浩平，那你們加油！」

阿芳又突然揪起我的後領，用虎鉗般的怪力封住了我的行動後，接著把我扔進半空中。

真的是用「扔」來形容再貼切不過，完全不給人反抗機會的行動。

當我回過神時，我已經飛進了半空中，趕忙抓住浮在旁邊的石頭邊緣。

「事先說一聲啦！」

我嘆著氣，爬上石頭，閃著利光的刀刃立即揮到我眼前，我差點掉下去。

這塊石頭上還有步卒。我縮起腦袋，模仿忍者趴伏在石頭上，一邊橫向移動，一邊跳向飄浮在正下方的石頭。這塊石頭上空無一人。

一樣被阿芳扔上來的浩平也緊攀著前面的一塊石頭，正在慢吞吞移動。

爬上石頭以後，我發現石頭會微幅上下晃動。只要算準往上跳的時機，跳向附近的石頭，就能慢慢往高處爬去。

浩平看來也有同樣的想法，我們一邊閃避到處出沒的「Gunka」和步卒，一邊朝著上空的「裂縫」不斷跳上去。

標高越高，風勢也越大，轟隆隆的風聲讓我什麼聲音都聽不見。

不過，這景色真是太壯觀了。

聽著啪啦啪啦的風聲，我為眼下的景象驚嘆不已。

不禁讓我聯想到了科幻電影中，宇宙間小行星的碎片呈帶狀飄浮的場面。

不知不覺間，我們來到了天守閣的頂端附近。從這裡可以鳥瞰整個大阪城公園，上空還飄浮著無數巨石，我們彷彿是在映於池面上的景色中踩著踏腳石前進。

護城河的河水與樹林的綠意全都在遙遠下方，模糊成了粉蠟色調。

記得科幻漫畫《人造人009》裡頭也出現過這樣的場景。

想著這些無謂的事情時，我們也接近了「裂縫」。

「裂縫」似乎就位在上方那顆格外巨大的石頭上。

那顆巨石靜靜地上下浮沉，在它下降到眼前的時候，我看見了。

是剛才的女妖怪。

筆挺站在那顆巨石上的，正是剛才在京橋口橋上遇見過的女人。

她和服的袖子破爛不堪，白髮還像獅子的鬃毛一樣在風中飄揚，那副模樣非常讓人毛骨悚然。

「嗚哇！」

我忍不住發出大叫。

因為有人抓住我的手臂，猛一回頭，發現浩平已經跳到了我旁邊。

兩人一起凝視那個女人的臉。

「裂縫」就在那女人的臉上。

曾是灰色空洞的地方，如今盈滿了灰暗的光芒，強風正從深處無止無盡的虛無當中噴發出來。

「唔嗯。」

我猶豫了。

要縫起那樣的「裂縫」，實在讓人鼓不起勇氣。

我們攀著的石頭突然劇烈搖晃，我嚇了一跳。

低頭一看，只見好幾個「Gunka」在我們腳底下抓住了石頭。他們正三三兩兩地想往這裡爬上來，還伸長了手想抓我們的腳。

這下子沒辦法了。

我和浩平只好跳上女人所在的那顆巨石。

女人和剛才一樣悠然站立，也不知道到底看不看得見我們。

我對浩平使了個眼色，分頭站在兩邊。女人慢慢轉動臉部，朝向我和浩平。看來是認得我們。

我們兵分兩路，從兩邊慢慢逼近女人。

我抽起頭髮上的髮簪。

一想到得觸碰那張臉，生理上便湧起厭惡。

浩平不可能沒有察覺到我的遲疑。

但是，他還是率先展開行動，動作敏捷地撲向女人的背。

女人揮舞手臂，想將浩平拍下來。但浩平縮起身體，緊緊攀在她的背上，竭力不被她拍打下來。

就是現在！

我從正面撲向女人的脖子，事不宜遲地開始縫合。

但是，好強的風。好激烈的抵抗。

線拉不起來。

我幾乎要被風壓吹跑，眼睛也張不開。再加上女人放棄了背上的浩平，轉而勒住我的脖子。她粗糙的手指冷得跟冰一樣，用可怕的力道開始勒緊我。

意識變得朦朧。

好痛。好噁心。

我使盡吃奶的力氣，拚命拉緊已經穿過的線。

女人也同樣使盡了全力勒住我的脖子，但下一秒，一股強大的衝擊撼動全身，我整個人被狠狠拋進了半空中。

緊接著身體撞上某種堅硬的東西。

原來是天守閣頂端的屋頂。

我好不容易才張開眼睛，便看見女人正發狂地甩著手臂，但浩平拚命死抓著她，扭過她的手臂將她壓制住。

她臉上的「裂縫」已經縫起了大約七成，但空隙還是很大，微微暗光仍從裡頭洩漏出來。而且線也遭到扯開，縫隙逐漸擴大。

糟糕，縫好的地方要裂開了。

「好啦，讓各位久等了～輪到人家出場了呢～」

聽到耳邊傳來直竄腦門的沙啞話聲，我再次差點失去意識。

可惡，不要每次都這樣出其不意啦！

阿芳往上一跳，立定在女人身前。

「少女的必修科目可是燙衣服呢～」

他往女人的臉部按下手中的噴霧罐。是燙衣服時用的漿糊。

接著阿芳張開右掌，高舉至女人臉上。

好大的手。

明明身高不高，手怎麼會那麼大。

然後，那隻手開始發出光芒，「滋滋」地冒出熱氣。

「人家幫妳弄乾淨吧。」

阿芳的手撫過針腳。

那隻手代替了熨斗。

白色熱氣「滋滋滋」地冒起，可以看見縫隙在眨眼間被填起來。

女人的頭部升起了猶如白色火焰的白煙，融進天際。

最終，她的臉部變成一片雪白，風也停了。

「期待您再次光臨～」

阿芳用沙啞聲低喃後，雙手合十低下頭。

世界忽然變得明亮。

抬頭一看，有什麼東西正從高處灑落下來。

異常火紅的天空。

「怎麼回事？」

眼下的大阪市街搖曳著紅色熱浪。

「因為現在是盂蘭盆節嘛。八月十四日大空襲那天，丟下來了很多一噸炸彈呢~明明隔天戰爭就結束了呢。這一帶的市民死傷非常慘重喔。」

盂蘭盆節。這樣啊。

不知什麼時候，巨石開始往下墜落。

「嗚哇！」

看到浩平往我這邊跳過來，我急忙抓住他。

女人依然這麼站在石頭上，眼看間逐漸往下落去。

飄浮於半空中的巨石也接連下墜。

掉下去了。不停往下墜落。無論是女人，還是燒夷彈和武士。

世界在往下墜落。

才剛這麼心想，我便發現自己站在了舊司令部前面。

熟悉的喧鬧嘈雜聲回到了耳中。

我抱著浩平的肩膀，置身在遊客人來人往的公園當中。

大白天明亮的公園。

峨然聳立的大阪城天守閣。

眼前是和平悠哉的風景，一如往常的世界。

「哎呀～兩位居然這麼陶醉地抱著彼此，真是熱情如火呢～」

阿芳的沙啞調侃聲讓我們恍然回神，慢吞吞地放開彼此。

阿芳一派若無其事，笑容滿面地攤開雙臂。

「嗯哼，怎麼樣呀？在大阪城玩得還開心嗎？」

我和浩平無力搖頭。

大阪城真是可畏，果真是神聖不可侵犯。

「好了，接下來才是真正的歡迎派對唷～交給人家吧，人家會盛大地招待你們～」

阿芳精神抖擻，我卻因為眼淚，模糊得看不清楚他的表情。究竟這些眼淚，是因為安下心來，還是因為悲傷？

唯一可以肯定的是，我自己也完全無法理解。

第五話

呉緊急起飛

「——欸，那個就是那個吧～」

阿芳在右手邊用拉長語尾的聲音嘀咕說。

他的語氣有些心不在焉，但更像是連自己也不曉得自己在講什麼。

「嗯——我想那個應該就是那個吧。雖然我也沒有親眼看過。」

但這麼答腔的我其實也和阿芳差不了多少。我茫然失神，呆站在原地。

「大和號，出發。」

左手邊的浩平難得說了玩笑話，而且還是很久以前電視動畫（註11）的台詞。以他來說算是很有搞笑精神了。

但是，現在不是在意這種事的時候。

我們結凍般停在原地，目不轉睛地注視前方。

橫亙在眼前的，是瀰漫著淡淡霧氣的無垠大海。

這裡是吳灣。

在寂靜灣內的霧氣裡，浮現著一道巨大的黑影。

天空只有單一的色彩，大海對岸的島影與遠方群山宛如剪影畫，那道巨大的黑影就背對著這些景物雄偉屹立。

不對，只用「巨大」來形容恐怕還不夠。

大到甚至該加上「超級」才對。

我腦海中蹦出了「衝破雲端」這四個字。事實上，艦橋的剪影看起來確實是沒入了低矮的雲層裡。

飄浮於吳灣上的超級巨大黑影。

正面還依稀可見菊紋。

我們親眼見到了早在太平洋戰爭末期葬身海底，如今已成幻影的大和號戰艦。

在沒～人的海邊～～～～想確認兩人的愛～～

註11：指日本一九七〇年代的經典電視動畫《宇宙戰艦大和號》。

阿芳的沙啞歌聲硬生生灌進腦中。

聽來應該是在唱懷舊老歌。

浩平的眼神正左右游移。顯然是注意到了周遭乘客都刻意不看這裡，才想假裝不認識阿芳，但現在早就來不及了。

僅僅五小時前。

在沿著海岸線奔馳的電車裡。

我們三個大男人霸占了四人座的對坐車位。

奇怪了。為什麼我們會在這裡？

凝視著海岸線，我的眼神失焦。

明明京阪一帶已經讓我們學會了教訓。

明明發過誓了，再也不踏進來。

然而，那個男人卻在我們眼前。我們已經在心裡暗暗決定，這輩子再也不想見到他的那個男人。

但現在我們卻帶著哀悽的神色，低垂著頭（只有我和浩平，阿芳看來倒是很開心），被帶往初秋的海濱。

奇怪了。明明就只有之前大阪那一次而已。明明這塊區域又不是我們負責的範圍。

「哎呀~難得眼前就是這麼爽朗的大海，遼平你們怎麼死氣沉沉的呢！」

對面的阿芳突然往我的大腿拍了一掌。

而且還很用力，用布滿厚實肌肉的手掌飛快揮來。

我都忘了。

疼痛在慢了一拍後襲向全身，我才深刻回想起了阿芳「熊一般的親切」。

對喔。絕對不能待在這傢伙手碰得到的範圍內。

浩平大概也想到了一樣的事情，感覺得到他慢慢地往走道的方向挪動屁股。

我喘著大氣，努力回答。

「我才不是死氣沉沉——只是有點想睡而已。」

可惡！我這位置逃離不了這傢伙的魔掌！

我死盯著浩平看，他卻假裝沒看見。

等到疼痛好不容易消退了，我再一次追問。

「喂，為什麼這次又把我和浩平叫過來？這裡不是有這裡的負責人嗎？而且連休時期也已經結束了，人手應該很充裕吧？」

這次甚至不是京阪，而是更往西邊的廣島，已經要接近本州的尾端。根本是負責範圍外的負責範圍外，連平常也沒什麼機會到這裡來。

雖然這趟遠征是遵照了菸草屋的指示，但我還是不太能接受。

「是呀～大概是因為被愛著吧？」

阿芳這麼喃喃說道，還莫名感傷地嘆氣。

「誰被誰愛著？」

我忍不住吐嘈。

「討厭啦！別逼人家說出來是被大家愛著嘛！」

阿芳尖叫一聲，露出羞怯的表情。這情景非常熟悉，所以我馬上展開行動。

再慢一秒鐘就逃不掉了。

如此做出判斷後，我立刻站起來貼在車窗上。

我的判斷也非常正確。阿芳的大掌「咻」一聲揮來，要是還坐在原地，大概就打中我了吧；但因為我在千鈞一髮之際閃避成功，厚實大掌就這麼精準地命中了浩平的側臉。

因為措手不及，浩平在受到衝擊後，似乎有一瞬間失去了意識，朝另外一側歪去的臉上還翻了白眼。

「浩平！」

我急忙抓住就要倒向走道的浩平手臂，把他拉回來。

「哎呀～浩平你沒事吧～」

阿芳與說的話完全相反，口氣聽來一點也不擔心。

浩平像是重新恢復意識了，眨了下眼睛，拍拍自己的頭。

「嗯哼，因為前陣子夏天在大阪舉辦的聯歡會，大家好像都很喜歡你們呢～」

阿芳矯揉造作地說。

「大家都熱情地向人家提出請求，希望能再見到你們喔～」

夏天在大阪舉辦的聯歡會。

我怎麼不記得辦過什麼聯歡會。

在大阪城各種鬼怪傾巢而出，歷經了一場大亂鬥之後，阿芳馬不停蹄地帶著我們去了他經營的好幾間餐飲店。記得每到一家店，他的朋友便大舉出現，喝酒喝得像是置身地獄一樣。明明我和浩平已經累得要命，卻直到早上都不讓我們回家，隔天踏上歸途時，我們兩人的眼睛底下都冒出了濃濃的黑眼圈。我們就是在那時候下定決心，再也不和京阪這邊的工作扯上關係。

然而從阿芳的表情來看，在他心目中那顯然是段美好的回憶。

「所以人家才特別安排了這邊的工作給你們，大家才可以再一起喝酒呀～只要說是工作，你們也比較方便過來吧？快感謝人家吧！」

阿芳對我們眨眨眼睛，像賣了什麼天大的恩情給我們。

我和浩平只能無力乾笑。

「呃，其實你不用這麼費心啦。我們本來的工作原來就很忙，你們也很忙吧？」

我試著委婉拒絕，但對方可不是能領悟這層深意的人。

「這才是愛呀～只要有愛，遠距離也沒關係。」

阿芳神色陶醉地手指交握著。

腦海中浮出了菸草屋當時複雜的表情。這麼說來，明明我們一直逼問「為什麼？」他卻直到最後都沒有直視我們的眼睛。八成是在阿芳的強逼之下（不然就是遭到阿芳施壓，菸草屋只好強逼我們），才派了我們過來，卻沒辦法詳細說明理由，這也就能理解了。

我內心一陣發寒，背部打了哆嗦。

那麼到底是誰對誰的愛啊？

我差點要問出口，但最後還是遵從了內心「這件事最好別問」的本能，把這句話嚥回喉嚨裡。

「不過，這次是吳嗎……吳在過去確實是大軍港，但現在只是普通的海港了吧？根據以往的經驗，印象中『Gunka』都是在大都市的郊區或縫隙間出沒。在人類無意識的欲望容易發酵的地方、過去的亡魂還流連忘返的地方……這次怎麼會是吳？」

「是呀，人家也這麼覺得。可是，菸草屋很明確地預告了吳唷。」

阿芳他們是依據負責西日本的菸草屋的指示行動。

「哦……地點要是散得太開，出差很辛苦哪。」

這樣說起來，我們工作的範圍幾乎都在首都一帶，很少到遠方。

「啊，可是，這裡有自衛隊的軍官學校吧？」

「是呀，在江田島。」

「原來江田島是唸『Etajima』，不是有濁音的『Edajima』啊。」

「在日本海軍時代，還被列為是世界三大海軍官校之一唷。」

「那另外兩個在哪裡？」

「分別是美國的安納波利斯海軍學院和英國的達特茅斯海軍學院。」

不愧是前自衛官，阿芳想也不想就回答。

「該不會是和這方面有關係吧？」

「誰知道呢……如果真的有關，又為什麼現在才出現異狀呢？總之，要去看看才知道了。」

阿芳聳肩說道。

車窗外就是大海。

對面的車窗外則聳立著高山，所以鐵路如同穿梭在山與海的狹縫間向前延伸。而這裡當然是單軌路線，所以每次進站都要等候會車。

初秋的大海很平靜，遠方綿延著分不清是島嶼還是海岸線的山峰。這一帶的海岸線地形十分複雜。

「說到吳就想到海軍，說到海軍就想到咖哩。這是為什麼呢？」

連我也覺得自己的聯想真是貧乏，但還是咕噥這麼說了。阿芳便哼一聲。

「這就跟神田神保町成了咖哩聖地的理由一樣唷～」

「神田神保町？」

我反問後，阿芳低頭看著我的眼神，就好像我是個笨到無可救藥的孩子。

「你覺得神保町為什麼到處都是咖哩店呢？」

咖哩。一想到咖哩，我突然好想吃咖哩豬排。

「嗯……我聽過很多種說法。像是可以同時吃到白飯和配菜，就能一邊看書一邊吃飯（我聽到浩平嘀咕說「三明治伯爵」），還有咖哩的味道可以蓋掉舊書的味道。」

「那麼我問你，一般說到神保町會想到什麼街？」

阿芳正經八百地問。

「呃……是舊書街吧。不只舊書，是有很多書的街道。」

「還有呢？」

我扳著手指繼續列舉。

「運動用品和樂器街。」

「還有呢？」

「呃……學問之街、嗎？」

「也就是說？」

「那裡有很多大學和專門學校。記得還有高中吧。」

「沒錯。也就是說，是有很～多學生的街道喔。」

阿芳用力點頭。

「對啊。」

他在說什麼廢話啊？

大概是這樣的想法表現在了我臉上，阿芳一臉無言以對。

「討厭啦，說到這邊應該就明白了吧？過去那個年代又不像現在一樣，外食連鎖店這麼發達，也沒辦法從全國各地購買食材呀～」

「畢竟是到了近十年左右，才幾乎所有人都開始外食嘛。小時候那時候，根本不會在外面吃飯。」

「對吧？所以對於從全國各地來到東京的學生們來說，東京的食物根本是種異文化。像是味噌和醬油，醬菜和配菜，飲食文化一定出現了巨大的隔閡吧。連現代人對於味噌和醬油的不同都會感受到衝擊了，當年一定更難接受吧。在人家看來，咖哩多半是超越了飲食文化的隔閡，是一種人人都敢吃的食物吧。所以才在東京最大的學生街擴散開來。」

「哦，原來是這樣。我也不太敢吃白味噌，雖然覺得好喝，但要是天天喝也會覺得很痛苦。」

「就是這樣唷～更別說當年的士兵們都是從全國各地集結而來，一定更無法適應吃不慣的食物。在飲食文化差異極大的地方，咖哩就成了一種方便的食物吧。」

「而且也有很多父母是為了少口人吃飯，才讓兒子自願從軍吧。軍隊本身也是用伙食在招攬人加入。」

「是呀。還聽說過有人是從軍以後，才第一次可以三餐都吃到飯，高興得不得了呢。」

「聽說海軍的伙食很好吃，不知道是真的還假的？」

我聽說過海軍美食，但從來沒聽說過陸軍美食。

「好像是真的唷～因為船是封閉空間，大家一天到晚都會碰到面，所以要是食物太難吃，很容易發生暴動吧。尤其是聽說高級軍官還吃過法式全餐，真是太奢侈了！船就好比是露營車，和基本上都在陸地行走、隨地野營的陸軍完全不同喔。」

「我想也是。到了海上，也不可能天天在那裡釣魚。」

「而且在船上包括宵夜，每天都要準備四餐呢，所以聽說伙食部門非常辛苦。」

「帶上船的糧食數量也很可觀吧。」

「是呀。大和號戰艦還容納了大約兩千五百名船員喔。每次都要準備這麼多人的飯菜，光想就頭皮發麻呢。」

兩千五百人。

腦海中出現了盛好飯後，飯碗排成一列的景象。兩千五百個飯碗到底會排到多長，我完全無法想像，根本看不見盡頭。

接著我把每十個碗疊在一起，再排成一列，但依然看不到盡頭。

「我光想像就累了……數量比評價不好的飯店還要多嘛。那不就等於一整天從早到晚都要煮飯。」

吳是建造大和號戰艦的所在。記得好幾年前，接連有好幾部講述了大和號戰艦的電影上映，當時有些場景還留了下來，開放給大眾參觀。

「大和。」

浩平難得發出了為之著迷的聲音。我知道這傢伙喜歡飛機，但原來對軍艦也感興趣。

「吳市這裡還留有當年建造大和號戰艦的船塢吧？」

我問，浩平點點頭，阿芳接著說明。

「沒錯。從前海軍工廠可是最高等級的軍事機密，所以吳這整座城市都被隱藏起來，形成了完全不被外界所知的城市與港口唷～聽說連來工作的民間勞工都必須在天亮前摸黑進工廠，所以從來沒完整見過工廠和城市的樣子呢。」

「哦……」

回想起來，既然都在這時候提起大和號戰艦了，可以說對接下來的發展已經有心理準備了吧。不過都來到吳了，要是完全沒提到這件事，反而也顯得不自然。

但是，當時的我完全沒料到會遇見話題主角的幻影，電車慢慢地駛進吳站，我們在明亮的午後踏上月台。

下車一看，吳是座隱隱散發著懷舊氣息，感覺很質樸穩重的城市。

一座城市有多麼古老，透過空氣的顏色就能大概感覺出來。空氣的密度很高，具有重量，帶著護城河水般濃厚深邃的顏色。如果這世上真有空氣能用釀造的方式製作出來，那麼古老城市的空氣就是那種顏色。和郊區在短期內便重新開發完畢，那種瀰漫著新鮮塵埃的空氣截然不同。

氣味也和關東不一樣。這裡還有著瀨戶內地方獨特的，完完全全適合用「陽光」來表現的燦爛日光。

感受著在高山與大海的包夾下，土地特有的彷彿遭到壓縮的時間與空間，很遺憾地，我也預感到了附近存在著我們不想見到的那群傢伙。

這點浩平似乎也和我一樣，走出車站時，他像是感到寒冷，瞬間打了個哆嗦。

可恨哪，這次又被菸草屋料中了。真希望菸草屋的預報偶爾也能出錯，我們就可以只是過來遊山玩水，然後再撤退回家。

「好悶熱喔。」

我忍不住伸手摸向脖子。

摸到了溼黏的汗水。

「因為現在有低氣壓逼近嘛～人家有預感，氣壓很快就要下降了唷。因為人家脆弱的膝蓋有些隱隱作痛呢。」

阿芳摸向自己的膝蓋。

看來在摸自己身體的時候，他就不會那麼用力。

我和浩平似乎都想著同一件事情，看向阿芳的膝蓋後，互相對望。

「啊～但得先吃飯才行。餓著肚子可沒辦法打架。」

阿芳伸伸懶腰，不知為何輪流抬高雙腳跺地。

「哼！」

好奇怪的耍帥姿勢。

「喂，你不是膝蓋痛嗎？」

「對呀，所以得先做點暖身操～不然沒辦法馬上派上用場吧。」

雖然他的歪理讓人似懂非懂，但肚子的確是餓了。

站前行人熙來攘往，氣氛也很悠閒。阿芳看起來毫不緊張，感覺也不會突然發生什麼狀況，而且那幫傢伙往往是在接近傍晚的逢魔時刻才出現。

「我知道一間好店喔，Come on～」

阿芳率先大步前行。

我們兩人與他稍微保持距離，小心著千萬別進入他的發動領域，跟在後頭。

這裡和那種繁華地帶都集中在站前的都市不同，市中心似乎要一段距離才會到。所以除了圓環以外，站前十分冷清。

阿芳大概方向感很好，熟門熟路地飛快前進。

「這地方真不錯。」

我不自覺脫口而出。

雖然城市緊鄰著山，卻沒有壓迫感。反而在天然地形下，有種被山擁在懷中保護著的安心感。

這塊土地面向錯綜複雜的海灣，四周又有諸多小島形成天然屏障，確實是設為軍港的絕佳地點。流經城市中心的河川平靜無波，流盪著豐沛的河水。

我突然覺得自己成了觀光客，悠悠哉哉地信步走在第一次造訪的城市裡，感覺還滿樂在其中。

嗯，偶一為之也不為過嘛。

視線不經意地瞥向停車場旁邊的自動販賣機，我把視線移開後，再急忙轉回來。

「高湯。」

「咦？」

浩平聽到了我的聲音，回頭看我。

「為什麼停車場裡會有高湯自動販賣機？還是飛魚高湯。」

我們目不轉睛地打量那台自動販賣機。如果是味噌湯或法式清湯的自動販賣機我還能理解，但現在明顯是把當作調味料使用的高湯裝在寶特瓶裡販賣。

「用來喝——嗎？」

浩平歪過頭。

「吳市的市民會在停車場買高湯嗎？」

「你們一搭一唱在賣藥啊，快衝～」

阿芳的沙啞聲從前面飛來。

呃，這裡在賣的不是藥，是高湯喔。

我們快步追上阿芳。

阿芳走進了一間門口掛著白色暖簾，看來平凡無奇的食堂。

不過，這間食堂似乎是二十四小時營業，明明現在的時間不早不晚，客人卻還不少。在這種機器從早到晚從不停歇，常常要連續作業好幾天的鋼鐵化學工業地帶，旁邊一定都會有這樣子的店，為值完夜班的作業員提供食物。

保冷櫃裡放著醬汁燒魚、馬鈴薯沙拉等盛有熟食的盤子，每個盤子上都標了價格。

阿芳毫不遲疑地拿出了幾個盤子，用他一成不變的沙啞聲大喊：「大姊，幫我們加熱～」

我們圍在窗邊的位置坐下。

窗外是綠意深濃的陡峭高山，讓我一瞬間忘了自己是因為工作才來到這裡。

「——我還是搞不懂。」

我重複說著在電車裡也說過的疑惑。

「為什麼是吳？這裡明明看起來這麼和平。」

窗外有鳥滑翔飛過。

好低。果然如阿芳所說，很可能要變天了。

「是因為大和號戰艦又重新掀起了熱潮嗎？」

「才不是呢。」

阿芳用瞧不起人的眼神瞥向我後，用嘴唇含住竹筷掰開。

我有點火大。

「哪裡不是了？」

「哎呀討厭，被竹筷刺到了啦～討厭～要單相思了啦～」

阿芳瞪著眼前的竹筷，眼神非常認真。

在很久很久以前，我也有過把竹筷掰不順利，只斷了一邊的狀態稱作是單相思的經驗。

「這雙竹筷給你，所以是你的了，不是人家的唷。這雙竹筷給你用，人家要再次挑戰～」

浩平心不甘情不願地接過阿芳硬塞的竹筷，夾了外熟內生的鰹魚半敲燒。

阿芳用充血的雙眼再一次掰開竹筷。

「哼！」

這次斷得乾淨俐落。

阿芳很誇張地鬆口大氣。

「太好了～人家好怕變得像遼平那樣呢～」

「喂，像我這樣是什麼意思？」

「嗯～就是明明老婆跑了，卻告訴自己才沒有這回事這樣呀～」

「要你多管閒事。」

「大姊，謝謝啦～」

醬燒豆腐上桌了。上面還撒了昆布薄片，隨著熱氣不斷跳動。

「唔呵，看起來好好吃喔。快吃吧。」

阿芳拿著竹筷雙手合十。

因為肚子餓了，三個男人不吭一聲地埋頭狂吃。

不愧是海港城市，魚是主食，每一樣都很美味。

雖然很羨慕其他在喝日本酒的客人，但現在畢竟是工作時間，還是忍忍吧。

「——你做這個工作幾年了啊？」

阿芳冷不防壓低聲音，瞪著我問。

我不由得心頭一驚。

其實如果只看阿芳的臉，長得簡直是凶神惡煞，但在他講話的時候我都會忘記這件事。

他那對很難看出情緒的小眼睛好像亮起了深沉的光芒。

「想想上次去過的大阪吧。你也看到了大阪城的樣子吧？人類的支配欲和掌權欲在那裡長年累月地不斷累積，這兩者還無一例外地都會伴隨暴力。從以前到現在，不知道有多少人在那裡接觸到了那股負面能量。」

阿芳把醬煮沙丁魚盛到小碟子上。

「然後再反過來看看現在的大阪吧。那場混亂簡直就是煽動者製造暴動的範本。當然，也是因為民眾內心潛伏著渴望，才會顯現在這個世上。雖然也有很多人根本沒意識到自己擁有這種渴望呢。但是，『Gunka』卻敏銳地察覺到了大家內心的殘暴，心想輪到自己出場了，覺醒過來。兩者才在那裡相遇，像瘴氣一樣噴發出來。」

回想起了飛在半空中的石牆，我打了個冷顫。

「這我知道。可是吳呢？難道是因為源平合戰的怨念嗎？」

「我想應該不是。」

阿芳聳肩。

「『Gunka』最喜歡的，大概就是受到壓抑的無名怨憤（ressentiment）和自戀，以及老是為自己懷才不遇尋找責怪對象的不滿吧。」

阿芳用唱歌般的方式說。

「那幫傢伙雖然平常都在沉睡，但也隨時做好了要與那種人們融為一體的準備，隨時要附在潛意識裡總是充滿了這類情緒的人們身上。他們會悄悄潛入這種時代與都市的空氣裡，與其合而為一，然後強行占據。」

「那在吳這裡，你也猜得出來那幫傢伙會出現在哪一帶吧？」

「大概啦。至少我想不會出現在江田島。因為那裡是與戰火最扯不上關係的地方了。是塊大家最不希望它捲入槍林彈雨的區域呢。」

「我想也是。」

「『Gunka』他們最喜歡的東西——他們最感到契合親切的東西——你們知

道是什麼嗎？」

「不知道。」

阿芳把俐落掰成兩半的竹筷重新併在一起。

「就是民族主義呀。」

「哦，原來如此。所以果然是大和號戰艦那裡嗎？」

阿芳哼了聲。

「怎麼可能，剛好相反，沒有其他東西比這艘戰艦更能證明從前日本的民族主義有多麼失敗了吧。明明當時戰爭的主流已經變成飛機，這艘戰艦在完成時就已經落伍了。單純只是塊頭大，一出生便注定遭到擊沉，只是無謂地浪費資源，還讓艦上的無數船員陪葬。」

「嗯……是嗎？但至少在建造大和號時所開發出來的技術，在戰後也派上了用場吧？」

「但人家覺得日本的家電會不成氣候，原因就跟大和號戰艦一樣呢～這就是所謂的學不會教訓吧？」

阿芳用冷冷的表情低喃。

但是，他接著仰望天空。

「不過，確實是有什麼理由吧——那幫傢伙才會從吳這裡跑出來。大概這裡是某種事物的尾端，或者是接縫處，他們才從那裡滲透進來。」

我們看向窗外。

明明風景仍和剛才一樣和平安穩，卻顯得有些昏暗。

「滲透進來嗎——感覺真是不太舒服。」

「潛艦。」

浩平嘀咕。

轉頭一看，浩平把阿芳硬塞給他的竹筷折成了幾截，在桌巾上排成潛艦的圖案。果然一邊的筷子太大，用起來很不好用吧。

「對了對了，這裡還有日本唯一的潛艦訓練設施唷。還能進到已經退休的潛艦裡頭，要不要去看看？」

「我有點密室恐懼症。」

我漫不經心地老實回答後，發現阿芳的臉龐馬上發亮，直覺心想「糟了」。

阿芳往前傾身。

「遼平，那一定要去看看才行呀～」

太明顯了，他根本只是想看到我害怕的樣子。

「不了，現在還有工作，要是事情辦完還有時間再說吧。」

我拚了命地想改變話題。

「說到潛艦，有件事情人家一直覺得很神奇呢。不管是在電影還是漫畫裡頭，不是都會有潛艦讓引擎停止運作，『嗡～』地潛航，好躲過敵人聲納的場景嗎？」

但阿芳偏偏再把話題拉回來。

「然後呀，大概是因為潛艦潛得太深，水壓過大，船上到處都有管線『噗咻～』、『噗咻～』地噴出水來吧？不知道那些場景是不是真的呢？幾乎所有和潛艦有關的作品都一定會出現這個場面喔。水壓真是太可怕了～『噗咻～』、『噗咻～』的。好懷念《海底喋血戰》（註12）和《從海底出擊》這些老電影

註12：此處指《海底喋血戰》（The Enemy Below，1957）和《從海底出擊》（Das Boot，1981）兩部早期電影。

喔～」

阿芳注視著我的眼睛，重複說著擬聲語。

水壓。

在伸手不見五指的漆黑海底，待在狹窄的鐵塊中，駭人的壓力從上方直壓而來。

光是想像自己置身在那種地方，我就覺得自己的恐慌症快要發作。好痛苦。無法呼吸。

「那是以前的船。」

浩平搖頭。

「現在不會了。」

「哎呀，是嗎？」

阿芳看向浩平。

為了讓自己冷靜下來，我張合著嘴巴想喝點東西，卻發現沒有茶了，於是夾起盤子裡剩下的鰹魚半敲燒，大口塞進嘴裡。

「啊——！」

阿芳和浩平同時發出大叫。

「好過分！你居然吃掉了最後一塊鰹魚半敲燒！枉費人家特地為自己留下來的！」

因為阿芳的氣勢太過嚇人，我嚇得鰹魚卡在喉嚨，急急忙忙吞下去。

大概是有蔥跑到了氣管裡，我猛烈咳嗽。

「真是的～禮貌上應該讓給年紀大的人吧！」

阿芳還是怒氣沖天。

「我是因為——看大家都沒吃才吃的。」

我支支吾吾辯解。

「你從以前就是這樣～一般剩下最後一塊的時候，才不會自己不說一聲就吃掉，會先問問別人吧！」

「對不起。」

我為什麼要道歉？

雖然感到不能理解，但我還是低下頭，一個勁兒道歉。

然後刻意抬頭看向牆上的時鐘。

「啊——我們已經坐滿久的了，該走了吧。」

說完我站起來，絕不只是因為覺得「該開始工作了」而已。

掀開暖簾走到店外，外頭開始吹起了溼黏的風。

我的臉部表情馬上變得僵硬。

因為從風的氣味和觸感，在在讓人預想到了接下來會有什麼不祥的發展。

浩平和阿芳大概也有同樣的預感，立即切換成了察看彼此臉色的眼神。

剛才為止的觀光氣氛在轉瞬間消散無蹤。

風從大海的方向吹來。

「看來得往大海的方向走了吧。」

我努力裝作若無其事。雖然就我們三個人，事到如今裝若無其事也沒意義，但要我渾身散發著悲壯感去面對工作也不是我的興趣。

阿芳很快掃了一圈四周。

「我們去船塢那邊看看吧。」

說完，他颯爽邁開腳步。

本來剛才還是「陽光四溢的瀨戶內風景」，但我們在食堂吃著鰹魚半敲燒和醬燒豆腐的期間，外頭已是風雲變色。

「雲。」

浩平看向遠方。

循著他的目光看去，我倒抽了一口氣。

「那是什麼？」

截至目前為止，我早就看過了各式各樣稀奇古怪的景色。像是典型常見的妖怪，也見識過阿芳的朋友們蜂擁而上時，那特寫有多麼恐怖。

但是此刻看見的東西，性質有點不太一樣。

遼闊的天空不知何時起沒有了陽光，覆蓋著塗抹上去般的厚重雲層。

看著那平坦單調的雲層，閃過我腦中的想法是「真像是大銀幕」。

但緊接著下一秒，出現了不知該如何解釋的自然現象。分不清是紫色還橘色的鮮豔色彩忽然照射在平坦的灰色雲層上，在雲層上形成了詭譎的線條紋路。

就像是感覺很不吉利的極光。

奇妙的是，這時我腦海中又想起了很久以前看過的某部電影或電視劇。

那部叫什麼？

記得在故事當中，極光的出現是一種「時光窗戶」開啟的暗號。故事的設定是只要天空出現極光，就能進行時空旅行，所以主角們一看到極光出現，就會急忙藉此在過去和現在之間往返穿梭。

忽然間，我覺得自己像在作夢。

彷彿這一切都是自己在進行一場時空旅行——

不對，不行不行。怎麼可以受到氣氛影響。我連忙甩頭。

「這顏色真不吉利呢～」

阿芳也皺著臉，抬頭看天空。

三人沿著水光瀲灩的河畔前進。

「那邊是船塢嗎？」

我看向工廠林立，老舊四方形建築物都布滿褐色鏽斑的方向。

「沒錯。」

「明明建築物那麼大，視野卻不是很好呢。」

「昭和十五年（一九四〇年）八月八日。」

浩平低聲咕噥。

「這日期什麼意思？」

「大和號的下水典禮。」

阿芳回答。

知道得還真不少。

「是因為雙八吉利才選擇了這個日期嗎？還是因為那天是黃道吉日？」

雖然要與「Gunka」戰鬥，但我在軍事方面上的知識卻很缺乏。老實說，我也不想深入涉獵。

「嗯～總之那天就是個好日子吧。」

阿芳轉動肩膀。

「不管是造船的人還是吳市市民，誰也沒有見過大和號的全貌，所以第一次拿掉遮蔽物的時候，聽說所有人看到大和號那麼巨大，全都嚇得直不起腰唷。在當時，看起來一定是覺得有座山在移動吧。」

「我知道船很大，但到底是多大啊？」

「這個嘛～」

阿芳陷入思考。

「二六三公尺。」

浩平回答。

「全長嗎？」

聽到數字，一時間我還是想像不出這長度到底有多長。

我試著把五個五十公尺長的游泳池排成一列。

「呃，人家記得東京車站的車站大樓大約是三百三十公尺長吧？所以全長雖然比東京車站要短，但高度可是比東京車站高得多唷～聽說直到艦橋的頂端，從海面算起有四十公尺高呢。」

「四十公尺。」

腦海中浮現了與東京車站大樓重疊在一起的大和號戰艦。

那還真大。不過，其實我還是沒辦法順利地想像出來。

前方可以看見吳港了。

吳港其實是處面積不大，由島嶼和高山形成天然屏障的海灣，正好適合用來隱密地製造東西。

我想像了遠在七十年以前，曾有巨大的戰艦從這裡出海，就有種奇妙的感覺。被當成是國家最高機密，一切皆在暗地裡進行的軍艦。當年在舉辦下水典禮時，恐怕一點也不鋪張盛大。甚至是背負著國家的命運，整體都散發出了肅穆凜然的氣魄。再加上從竣工的那一刻起，這艘戰艦就已經落伍了。

如今這艘戰艦長眠在了遠方海底，我們只能在動畫、小說和電影裡看見它的身影。但是不論哪一艘船，都曾有過全新輝煌的時刻。

「真奇怪～明明空氣是這麼讓人發毛的顏色，卻完全沒看見像是『裂縫』的地方呢～」

阿芳東張西望。

他說得沒錯。

菸草屋的預報很靠譜。關於「裂縫」出現的地點，從來沒有出錯。而且剛才迎面吹來的風，我想應該也是從「裂縫」那裡吹過來的。

但是，海面風平浪靜。

灰暗的天空下，海面也是灰色的，和天空的顏色相差無幾。重量十足的海水近在眼前。

因為今天是平日，周遭沒有什麼人影。有艘渡輪緩緩駛離岸邊，要前往江田島。

不知是海鷗還是黑尾鷗的白色小鳥在水面附近滯空停懸。

鳥兒會飛得這麼低，果然是要變天的徵兆嗎？

「我還是搞不懂，為什麼是吳啊？這裡有『裂縫』會出現的理由嗎？」

我歪過頭。

「人家也不知道，真是奇怪呢～」

不知不覺間我們三人肩併著肩，無所事事地面向大海而立。

而且是看起來毫無格調，也毫不灑脫帥氣的三個男人。

天空很陰，現在時間也不上不下，所以沒辦法一邊吶喊著一邊衝向夕陽。更何況這裡也沒沙灘。

「呼……」

阿芳陶醉地呢喃。

「大海好浪漫喔！啊啊，讓人家想起從前了呢。」

我和浩平面面相覷。這麼蕭瑟冷清的景色哪裡浪漫了？而且阿芳口中的「從前」，到底又是多少年以前啊？

但是，依然還是毫無「裂縫」的氣息。

如果吳這裡真的出現了「裂縫」，在我看來最有可能的地點，就是從前建造了大和號戰艦的船塢，不然就是大和號下水的那片海域吧。

我集中精神去感受周遭的氣息。

某處的海鷗或者黑尾鷗發出了悠哉的叫聲。或許偶爾真的會碰上這種日子。

「喂，像這樣什麼都沒做就回去，是不是第一次啊？」

「大概。」

我問，浩平簡短回答。

忽然間我產生了一個念頭。

該不會其實是阿芳為了把我們叫過來，才威脅菸草屋，逼他捏造一個假預報吧？

我悄悄覷向阿芳。這傢伙確實有可能這麼做。

但是，阿芳像是沉浸在了自己的世界裡，單腳踩在旁邊的石階上，擺出姿勢。自以為他是從前在東映電影裡還是哪裡看過的行船人（現在沒人這樣說）

吧。

「對了！」

阿芳突然拍向我的肩膀。

我太不小心了。

完全鬆懈了心防。

等我回到家的時候，肩膀上八成會浮出阿芳鮮明的手印。

這種猝不及防的疼痛，通常比預料中的疼痛要痛上好幾倍。

我瞬間無法呼吸，視野閃爍紅光。

浩平急忙幫我搓揉肩膀，但我已經痛得快要暈過去了。

「難得來到吳了，不如我們去看看兩城的兩百階梯吧！那裡曾經是電影的拍攝場景唷。就是阿伊主演的那部電影！人家是他的粉絲呢！」

「阿伊？」

我全身抖個不停地問，浩平小聲說了名字。

是連我也知道的年輕演員。聽說這名演員運動神經出類拔萃，任何動作戲都可以不用替身，自己親自上陣。

「兩百階梯？」

我好不容易重新恢復呼吸。

「你們看，就在那邊。那面陡峭的斜坡上不是蓋了很多房子嗎？住家之間有條非常陡斜的石階，年輕人都在那裡上下奔跑鍛鍊身體唷。」

阿芳一馬當先地快步向前衝。

「Come on～討厭啦，人家居然想得到這麼好的主意！回去以後就能向大家炫耀了～大家一定會很嫉妒。」

「那你可以自己一個人去啊。」

我和浩平都感到退縮，阿芳立即神色凌厲地扭過頭來。

「哎呀～我們當然要一起上去吧？」

他的眼中完全沒有笑意，所以我們只能死了心，慢吞吞地跟上去。

快步走了二十分鐘。

三人來到了山腳下，陡峭的斜坡上是一整片住宅區。

「喂。」

我忍不住停下來。

「你指的不會是那個吧？」

「好棒喔！這麼傾斜的坡度真是讓人無法自拔～」

阿芳的表情非常興奮，還自以為是少女地交握手指，扭動身軀。

兩城的兩百階梯。

打從聽到這個名字，我就有種不祥的預感了。愛宕神社那個出人頭地的石階我倒是爬上去過，但是這……

「梯子。」

浩平嘀咕。我完全能明白他想表達的意思。住宅區雖然建蓋在山丘的斜面上，但像樣的階梯卻是出現在堪比峭壁的斜坡上，蜿延曲折地往上延伸。比起階梯，根本更像是梯子。

「這是什麼啊？某種懲罰遊戲嗎？」

「嘿～我們可是海猿喔！」

阿芳興沖沖地走向石階。

「年輕人們，走吧！」

阿芳腳步輕盈地開始登上石階。

就在這時候，四周好像忽然間變暗。

我恍然大驚。

「——喂，剛才那傢伙說了什麼？」

浩平似乎不明白我這麼問是什麼意思，一臉茫然。

「『我們可是海猿喔』？」

我愣愣地重複阿芳說過的話。

「海猿，那不就是——」

我吞了吞口水。

「海上保安廳。」

浩平說完點點頭。

「那部電影是在這裡拍攝的嗎？外景場地在吳市？」

我目瞪口呆地環顧四周，著急大喊。

「阿芳！」

但是，阿芳已經往上爬了一段距離。

風輕輕吹撫過臉頰。

帶來了微溫的，危險的觸感。

「對了，我還聽說過——海上保安大學校。這所學校也在吳市吧？」

我愕然抬頭。

令人不寒而慄的狂風從正前方噴出，往下撲來。

我和浩平反射性地向後退。

眼前的石階發出了陰森駭人的黯淡紅光。

兩百階梯。

陣陣紅光不間斷地從內側透出。

起先是線一般的細縫。

緊接著沿著階梯的扶手，蜿蜒的紅線以驚人的高速由下往上擴散，就好像是一條升天的飛龍。

「裂縫」就這麼突如其來出現。

「阿芳！」

我扯開僵硬的嗓門大喊。

海上保安廳。

領海侵犯——領土爭奪——如今在各國民族主義最前線戰鬥的地方。

不是江田島也不是船塢。

仔細想想根本再清楚不過。很明顯這裡才是邊緣，才是「裂縫」！

「裂縫」的幅度開始慢慢變寬。

呼嘯的狂風不斷往下吹來。

然後從「裂縫」中伸出了無數手臂。

這時「裂縫」已經變得與階梯同寬了，那幫傢伙從中跳了出來——大量的「Gunka」以前所未見的數量，形成了長長一行隊伍。

話說回來，最近出現的「Gunka」都有點過多的傾向。

一時之間我們只是呆若木雞，但其實恐怕比身體感覺到的時間還要更短。

畢竟看起來是兩百階梯從上到下全部變成了「裂縫」，從中蜂擁而出的「Gunka」數量也是難以估計，根本一眼望也望不盡。

呃，這個——未免也太多了吧？

之前在大阪就已經很驚人了，這下子更是縫不起來吧。這在關西是很普遍的數量嗎？果然連「Gunka」也要入境隨俗？

還是說——已經進入那樣的時代了嗎？由他們站上舞台主導的時期再度降臨了？

雖然不願有這種想法，但這個念頭還是短暫掠過腦海。

寒意旋即貫穿全身，背部跟著僵硬。

我們現在確實是在海邊沒錯。完全如同字面的意思，在拍打著浪花的瀨戶海邊。不管是物理上，還是時間上（註13）。

如果讓我再提一件事，那就是為什麼每次我們遇到「Gunka」並與他們大打出手的時候，附近都沒有半個人？

當然我也明白。

此刻我們身處的時間，是被拉長了的異常時間。連結到了過去與現在，說不定也連結到了未來。

就算現在有人從這附近經過，多半也看不見我們。更別說是鋪天蓋地般大量湧出的「Gunka」，也絕對不會映照在人們眼中。

枉費我們這麼賣力工作，卻不只沒有觀眾，也沒人給予我們評價和讚美，我覺得這世界有點不公平。

呃，但當然我也知道啦，萬一人們看得見會更麻煩。要是知道自己居住的城市裡充斥著這麼多怪物，大家肯定會嚇到暈倒，大批媒體也會一窩蜂湧來，演變成難以收拾的混亂場面。我們一族人一直都想避免這種事情發生，也覺得應該避免，所以過著毫不引人注目的生活。

但就算是這樣，得到一點感謝也是應該的吧——我在心裡發著牢騷。

我正在內心深處分析著自己混亂的大腦。

我也知道與其有時間胡思亂想，倒不如多縫一針。但是，看著眼前至今前所未見的大量「Gunka」，我確實有那麼一瞬間陷入恐慌。

老實說我當下的想法，就是根本不知道該從何下手。

但是，這也只是剎那間的事情而已。

本能真是可怕的東西，我們很快做出反應。

我跳上撲過來的「Gunka」，把他們推開、壓倒，試著修補「裂縫」。

註13：因瀨戶有狹窄的海峽之意，日文中會用「瀨戶際」來形容生死攸關的事態。

浩平和阿芳也幾乎是同時往前衝。

浩平攤開反光板，把從「裂縫」中溢出來的光芒反射回去。

阿芳也攤開自己厚實的大掌，直接痛打「Gunka」的臉部——更正一下，是撫摸他們的臉，抹上漿糊。

兩人的動作老練且速度驚人，所以如果分開看每個動作，確實都有達到效果，但是從後方接連不斷湧現的「Gunka」實在是太多了。

說句老實話，我以前從來不覺得「Gunka」恐怖。

他們不過就是傀儡。並不具有自己的意識，只會反射性動作，每一次都只是針對當下的集體潛意識做出反應。動作本身也與傀儡無異，總之只能耐著性子一一解決。我們經常用某樣東西來比喻他們，就是常出現在快遞箱裡的泡泡紙。只要拿在手上，就忍不住想要一個也不留地捏破。從頭到尾不放過任何角落，一邊確認還有沒有遺漏的，一邊莊嚴肅穆地逐一鏟除，就類似這種感覺。對我們來說，「Gunka」是如同泡泡紙般的存在。

然而，承認吧——現在這一刻，我在「Gunka」他們身上感受到了威脅。會不會他們已經不是我們能夠應付的了？會不會我們已經阻止不了他們擴張的趨勢？

我忍不住產生了這種想法。

很神奇地，這種情緒會傳染給身邊的人。

浩平恐怕也感受到了我的動搖。

阿芳應該也察覺到了。

兩人都努力著不被我的動搖影響，阿芳成功了，浩平卻失敗了。

而糟糕的是，在數量上具有壓倒性優勢的「Gunka」他們也感受到了。

我發現他們吸收了我的動搖，化作能量。

於是他們的氣勢變得更加高漲，全身迸出紅色火花。

慘了。

「Gunka」他們吸收了我的不安，開始膨脹變大。身體真的就像吹氣球一樣鼓脹起來，比原本要大了一點五倍。

再加上，臉上全都帶著嘲弄的表情。

他們的臉龐變紅發黑，嘴巴張得像要裂開，逐一擠出了嘲笑表情。

媽的，冷靜一點，不要害怕。怎麼能夠給予他們能量。

我極力說服自己。

但是越是心急，越是造成了反效果。「Gunka」他們扭動著身體，更是繼續膨脹。紅黑色的臉孔裂開來，駭人的笑容咧得更加恐怖。

看起來簡直像是在跳舞。

數以千計的「Gunka」沿著兩百階梯不斷膨脹，把階梯擠得水洩不通，最終只能推擠著往上堆疊，往天空開始堆高。

就像洗衣精的泡泡一樣，一團團「Gunka」越來越鼓，向著天空擴大。

這時的他們看來就像一團糾結的線。到處都有手腳在伸縮蠕動，宛如一個巨大的奇妙生物在搖搖晃晃。

然後，他們慢慢燃燒起來。所有人都像在大喊萬歲般高舉著雙手，四處開始竄起火焰。

「好燙！」

我忍不住大叫。

原來我的身體也被捲進了糾纏成一團的「Gunka」裡。

他們仍在不停膨脹，所以我很快被擠進裡面，甚至往底部落去。

雖然不覺得重，身體卻無法動彈，呼吸也感到困難。

怎麼可能！我們居然封印不了「Gunka」——

就在這時候。

我感覺到「Gunka」不約而同抬起了頭。

就像是在海中悠游的一群沙丁魚在感應到敵人後，一致地改變了方向。

嗯？

我沒有錯過因此出現的些微空隙，推開他們，把腦袋瓜探出去。

「你們看！」

阿芳的大叫聲讓我轉過頭。他也爬上了「Gunka」形成的小山，指著大海的方向。

浩平也一樣張大了嘴巴。

我感覺到了非比尋常的氣息。

而且來自海上。某種極其巨大的氣息，正從海上窺看著這邊。

「欸……那個就是那個吧～？」

阿芳用有些茫然自失的聲音低喃。

「嗯——我想那個應該就是那個吧。雖然我也沒有親眼看過。」

我聲音茫然的程度也是不相上下。

「大和號，出發。」

浩平嘀咕道。

這也大得太誇張了吧——

我嚥了嚥口水。

明明我們的所在位置已經是在兩百階梯的上方處，還被底下的「Gunka」推往高空，霧氣中依稀可見的那道船影，卻依然比我們還要高。

足以比擬高樓大廈的艦橋。

從那錯綜複雜的剪影，看得出是座各種武器與設備的集合體。

以及正面那暗金色的菊花紋章。

那面紋章到底有多大啊？

連距離這麼遠也能夠清楚目視，肯定非常龐大。

大和號戰艦。

昭和二十年（一九四五年）四月七日。

在美軍艦載機的砲火攻擊下，本已沉入了東海的那艘大和號，原來回到了故鄉吳市的海洋嗎——

「Gunka」他們全都慌了手腳，開始發出叫喊聲。

大和號明顯正看著他們。

居高臨下地睥睨著，定定凝視這邊。

接下來到底會發生什麼事？

我們只能愣愣張著嘴巴，望著這一幕。

緊接著，整艘大和號的船影噴發出了某種類似畏懼的氣息，很難說明是強大的殺氣或是其他，覆蓋住了吳這座城市。

我全身冒起雞皮疙瘩。

覺得自己好像籠罩在了大和號釋放出的意念當中。

菊花紋章下方亮起藍色光芒。

「波動砲——？」

我聽見浩平這麼嘀咕。

喂，你說的那是動畫吧？

我正想這麼說，但幾乎同一時間，巨大的藍色光束朝著這裡疾速射來。

周遭景色變成了全面的藍。

巨大的藍光將我們和「Gunka」一起包圍。

「噫噫！」

我反射性地閉上眼睛，但還是忍不住微微睜開，觀察四周的情況。

被藍光包覆住後，「Gunka」他們接二連三爆炸。

臉上咧開的笑容就那麼爆炸裂開，逐一化成碎片。

哦哦，就是這個，泡泡紙。真的破掉了。

這個想法閃過腦海。

「Gunka」頃刻間潰不成軍。剛才還有如朝著天空生長的豌豆樹，如今卻像一頭生物般痛苦得掙扎扭動、搖晃、顫抖，最終散作碎片掉往地面。

「嗚哇！」

爬到他們上方的我們自然也受到了波及。

我們在不斷往下崩塌的「Gunka」上方穿梭逃竄，希望可以平安著地。

眼看地面越來越近。

梯子般的石階就在眼前了。

「啪！」的一聲，最後一名「Gunka」在身體底下灰飛煙滅，我們也東倒西歪地摔在石階上。

所有東西都消失了。

倏地抬頭，一名帶著小狗出來散步的中年婦女正從上面走下來。

看見倒在石階上的三個大男人，她大吃一驚地停下腳步。

我們擠出實在沒什麼可信度的假笑，在石階上重新坐好。

「哎呀～雖然早就聽說過了，但這階梯還真陡。」

「就是說呀，沒辦法一鼓作氣爬上去呢～」

我假裝擦了擦額頭上的汗，但婦女的表情還是很僵硬，從離我們最遠的位置迅速走下階梯。

望著婦女逐漸遠去的背影，我們互相對望，再一次看向大海。

但是，已經看不見那艘巨大戰艦的船影了。

「你們都看到了吧？」
「看到了。」
「好巨大呀～」
「真的很大。」
我用呆滯的聲音複述。
不知是不是錯覺，浩平用痴迷的眼神望著水平線。
「看到了。」
他也小聲嘀咕。
「是它救了我們呢。」
阿芳低聲說。
「嗯，沒想到會是大和號從『Gunka』手中救了我們。」
「這也就表示，大和號果然痛恨著那場戰爭吧。」
「應該可以這麼說吧。」
我們依然用有氣無力的聲音嘟嘟噥噥交談。
「好恐怖。剛才真的很恐怖。」

肌膚感受到了，那宛如巨大意識的畏懼。

「那是船員們的意念嗎？」

「嗯……比起人的意念，我覺得更像是那艘戰艦本身擁有的意志吧。」

「人家也這麼覺得。」

接著是一陣靜默。

海面依然和平安穩，風平浪靜。

「想不到還真的會遇到這種事情呢。」

「老實說，剛才真的很危險。要是一直被『Gunka』他們壓在下面，我們搞不好早就沒命了。」

「討厭啦，別說這麼可怕的事情！」

阿芳生氣地反駁，但在他的話聲中，好像也隱含了一絲恐懼，不知道是不是我的心理作用。

「真的很不妙。」

我無意識地這麼低喃。

很不妙。情況真的很不妙。

漆黑深沉的不安湧上心頭。

我們現在真的面臨了生死攸關的時刻吧？我們以後會不會再也無法壓制住「Gunka」他們了？

我想這麼說，但竭盡全力忍住了。

怎麼辦？

它還會再來救我們嗎？

我凝神注視水平線。

在那裡好像隱約還能看見船影。但其實我自己也知道，這不過是我卑微的希望罷了。

中場休息　橫須賀巴比倫

真的到此為止了嗎——

吹著海風，少年的母親從剛才開始就重複哼著同一句歌詞。

少年望著母親憂鬱的側臉，在母親對面看著大海上來回交錯的船隻。

不時，他會忽然看向其他完全不同的方向。

只有在他定睛凝視著什麼的時候，瞳孔的顏色才會有些變淡。

一名身型修長健壯的男人走到少年身後。

「嗨，你們看來氣色不錯。」

聽到話聲，少年回過頭，看向男人背後。

在男人一路走來的地面上，粉紅色的腳印發著光。

少年目不轉睛地盯著那些腳印，輕輕伸出掌心。但那些腳印發出「咻」的輕微聲響，轉眼間消失了。

「嗯？」

男人也循著少年的視線往後望，再納悶地回頭看向少年。

少年問。

「叔叔，沒事嗎？」

「咦？」

「喂，不是叔叔，現在該改叫『爸爸』了吧。」

母親用開玩笑的口吻對少年說。

「哈哈哈，沒關係啦。」

「真不好意思。」

母親輕輕聳肩。

「我才不好意思，讓你們特地跑一趟。但因為防衛大學校有畢業典禮。」

「沒關係，反正我也喜歡看海。」

「搬家已經搬好了嗎？」

「是啊。」

母親將成串鑰匙交給男人。

穿著西裝站在遠處的一票男人中，有一人疾走而來。

「大臣，該往下個地方移動了。」

「好。那我先走了。」

男人摸了摸少年的頭，再向母親點頭致意，和眼神冷峻的那群男人一同離開。

少年好一會兒注視著他們的背影與男人走過的地面，最終失去了興趣，重新將目光投向大海。

第六話　六本木大危機

有時一件驚天動地的大事，都是從乍看下毫不起眼，任誰都覺得無關緊要的小事開始。

當然往往是在很久以後，才會注意到原來當時那便是事情的開端，直到有了餘力可以回顧過往，才會心想「啊，原來就是因為那件事嗎？」但在那個當下，自然是想也不想就經過了那個一切的起點。

所以，這天的我雖然毫無緊張感，也完全沒帶思考能力出門，只是漫不經心地走在六本木一帶，也沒有人會因此指責我吧。只是在那時候，我確實十分清楚，自己正站在人生中非常重要的岔路上。

其實我不算是愛吃甜食的人，但偶爾就是忽然會想吃和菓子。

這天梅雨季節已經過半，又是酷熱指數感覺高達兩百的悶熱午後，我邊走邊揮汗如雨，目光忽然被寫著「水羊羹」的涼爽毛筆字吸引，於是想要消暑一下，不由自主地走進那間老字號和菓子屋。

六月一日是香魚解禁日。

我雖然沒有釣魚的興趣，但可能是因為自己的名字有「鮎」（註14）這個字，所以只有這個日子我從小就牢牢記在腦中。

鮎是魚字邊加上占卜的占。究竟要占卜什麼呢？雨量？夏天的氣溫？還是我們一族的命運？

每當我出神地思考著這些事情時，就發現日本和菓子屋已經到處開始在賣模仿香魚造型的點心了。

說不上來為什麼，當中我最喜歡加了求肥餡（註15）的點心，每次只有這個時期會購買這款點心。

在快被店家吸進去之前，有什麼東西切進了我的視野。

那樣黃色的東西呈現U字形。

是附近量販店頂樓的雲霄飛車。

註14：香魚的日文漢字為鮎。
註15：求肥是麻糬的一種，但口感更軟，可當外皮也能當內餡。

據說是滿久之前為了攬客而建造，卻因為鄰近的反對，再加上每次運作，整棟大樓就會跟著劇烈搖晃，所以最終一次也沒有開放給客人乘坐，就這麼成了裝飾品。

看見那半成品般的形狀，我還以為肯定是做到一半，工程就停擺了，想不到那副樣子居然是完工後的模樣，真教我吃驚。

梅雨時節陰鬱的天空下，望著像正虛無地朝著墨色烏雲伸長了手的黃色U字形物體，我覺得自己好像忘了什麼事情。

但終究只是「覺得」而已。我很快失去了興趣，走進沁涼無比的店內，身體立即停止排汗，不禁鬆一口氣。

有三名年長的女性，坐在角落的小巧空間裡喝著茶，開心地談天說笑。

我心不在焉地望著她們，忽然三人一致轉頭看我。

咦？

平坦的臉上只有張格外巨大的嘴巴，而且同時張開，發出了聲音。

『沒事嗎？』

我急忙重新細看，但她們已經什麼事也沒發生過般地繼續談天。

剛才那是什麼？那種嘴巴，那個聲音，我好像在哪裡見過聽過——

件？

遙遠的記憶朦朦朧朧甦醒。

正面的玻璃櫃中，黑漆盤子上擺放著悠游狀的香魚燒菓子。

然後，香魚游起來了。

嗯？

我忍不住兩眼發直地瞪著玻璃櫃。

現在香魚看起來像正搖著尾巴，在盤子上前進。

「——客人，您決定好了嗎？」

我恍然回神地抬頭，女店員看著我笑容可掬。

我一陣心慌，連忙再次看起玻璃櫃，假裝自己在思考要買哪一樣商品。

「請給我五個香魚燒。」

「好的。」

當然，香魚狀的點心不可能會游動。是黑漆盤子上用銀色線條描繪了流水紋路，才讓我產生了這種錯覺。

我恍惚地望著女店員將香魚燒裝進點心盒子裡。

況且耳朵也不痛——就是那種帶來陣陣刺痛，不吉又不祥，令人感到熟悉的疼痛——也沒有起雞皮疙瘩的感覺。況且今天並不是有菸草屋提供預報，我也不是為了工作才來這裡。

唔，其實呢——在這個時候，我本來是打算從這份工作引退。

我已經下定決心，不想再和菸草屋啦，還有蝴蝶和髮簪這些危險的東西扯上關係，只想專心撫養俊平長大——也就是專心保護兒子。

這一帶一如既往，外國觀光客很多。

近年來自亞洲和中東的觀光遊客大舉增加，即便現在是平日白天，人潮還是十分擁擠。所有人都高舉著智慧型手機，拍攝東京鐵塔和六本木十字路口。

我停下來等紅綠燈，土耳其烤肉與拉麵等食物的香料和豚骨高湯氣味渾然融為一體，飄散過來。

這塊地區其實不大。比起大家印象中的六本木地帶，其實是處非常狹小的空間。

而且就地形來看，這處十字路口明明位在高處，我卻老是覺得這裡是「谷底」。既感覺不到有「氣」在流通，反而覺得有某些東西都從四面八方灌進來，「累積」在了這裡。

不光是因為馬路上方建有首都高速公路，就只有這處十字路口即便在大白天，也像罩了層紗一樣，顯得有些昏暗。

這是不是代表我也已經不年輕了呢？

我赫然驚覺到這點。

可能是因為身處在年輕人與觀光客的欲望當中，受到了影響吧。察覺到這點後，我覺得自己好像成了七老八十的老年人。

這時，一個男人躍進眼簾。

站在那裡的他不是年輕人，不是觀光客，也不是老年人，獨自一人不受六本木十字路口的汙濁空氣影響，只有那裡清澈明淨，只是本人一點也稱不上清新。

好久沒見到這男人了——他是我的前夫，也是俊平的父親遼平。

我暫時停下腳步，觀察起他。

髮型還是一成不變。

又粗又黑的長髮用銀簪盤在頭頂上。

好段時間不見，神色好像變憔悴了。看來日子過得並不是很充實愉快。聽說他一直接到關西那邊的工作，遇到了相當棘手的情況。

重新打量起來，這男人的國籍和年齡還真是不好判定。

這男人果然異於常人。

我在內心十分冷靜地審視前夫。舉例來說那個髮型好了，等他再老一點，會是老婆婆的類型吧。

在我看來，人上了年紀以後都會變成兩種人，分別是「老公公」和「老婆婆」。與原本的性別無關，一定會變成兩者之一。這傢伙肯定是「老婆婆」那種，而且大概會像宮古蝶蝶（註16）那樣。

遼平發現我後，露出了羞赧的微笑，「唷」地揮揮手。

一看見他的笑容，內心深處同時萌生了兩種截然不同的情感，讓我心煩意亂。

其中之一，是我竟然不自覺地覺得他的笑臉「可愛」。

他的笑容從小到大完全沒變，甚至就像少女般含羞帶怯。從前曾有一段時間，我看到他的笑容便會怦然心動。

而另一種，是無限接近於憎惡的煩躁。

究竟是從什麼時候開始，他的天真無邪會這麼惹怒我？

這傢伙真的知道現實情況是怎麼一回事嗎？為什麼還能笑得那麼天真？從我開始會產生這種也像焦慮的煩躁，已經過了許多年了。

無憂無慮的想法、悠悠哉哉的態度、天真孩子氣的笑容，這些全都像是磨砂紙一樣，讓我的神經變得非常緊繃。多半是從俊平出生以後開始的吧。

客觀來看，遼平是個好父親，也是個好丈夫。

但是，光這樣是不行的。我們的情況，如果只是守著好父親、好丈夫的崗位，根本支撐不下去。我們所背負的東西，不是只當個「好人」就背負得了。

明明遼平自己也察覺到了這一點，卻假裝沒有發現，反而緊抓著自己的善良與純真不放，把扮黑臉的工作都丟給我，只顧自己當個好人。

註16：宮古蝶蝶為日本女演員、漫才師。

一想到這裡，煩躁的心情瞬間疾速膨脹，剛才覺得他笑容「可愛」的想法馬上被丟進麻布警察署的巡邏警車裡，消失到了遠方。

大概是感受到了我的煩躁，遼平的笑臉僵住，畏畏縮縮地怯弱揮手。

「鮎觀，好久不見了。」

然後他重新打起精神，又衝著我笑。

「你看起來精神不錯呢，見到你真高興。」

雖然是自己要這麼說，但我一邊確認著自己的聲音聽起來「一點也不高興」。

「俊平還好嗎？」

遼平身體向前傾，注視我的臉。

我知道，你最愛你兒子了。

「嗯。」

我在這時微微一笑。

「他很乖喔，也和新爸爸處得很好。」

「咦？」

遼平的臉停下來了。

用「臉停下來了」雖然是種奇怪的比喻，但現在他的臉部只能以「停下來了」來形容。

不管是生理上還是情感，所有活動都「停下來了」。

經過了足足五秒鐘以後，他的臉才再度開始「活動」。

他動著嘴巴，眨了眨眼睛，像是想要問話。

於是，我向他宣布。

「我已經再婚了。」

「——啊，就是這裡，就是這裡。妳看，這裡很久以前不是發生過吊燈掉下來砸死客人的意外嗎？以前那間店就在這裡。那個年代還有攝影週刊雜誌呢。好懷念啊。聽說那個吊燈大得不得了，還能夠上下移動喔。」

似乎是衝擊比預期中要大。

遼平完全不看我的臉，一直自說自話地喋喋不休。

「嗯，是喔。原來以前那間店就在這裡。」

我隨口應和答腔。

遼平好像是在拒絕接受這項事實。

他踉踉蹌蹌地往前走，鑽進巷弄，開始做起觀光導覽。

「而且說起來，像六本木、青山和赤坂，給人的印象都定型了，覺得這裡是走在流行尖端的地方、有很多外國人的國際化區域，但其實這裡以前根本是軍都。江戶是因被當成武士的城市和軍人的城市而崛起，所以從那時候開始，這塊區域就一直是軍都的中心啊。」

雖然遼平極力裝出平靜的語氣，但從他聲音中的細微之處，還是聽得出他努力想壓下慌亂心情的痕跡。

「而且這附近以前還有過軍隊的射擊場喔。雖然現在這裡算得上是大都會了，但在過去其實是鳥不生蛋的窮鄉僻壤，說白了是根本沒住人。所以才能取得這麼大片的土地——」

遼平從剛才開始一直腳步踉蹌地走著，現在雙腳有些蛇行。

我不禁開始懷疑，該不會連本人也不知道自己要去哪裡吧？

「喂。」

我開口說話了。

「喂，遼平。」

「對了對了，煽動二二六事件（註17）的部隊也是——」

「遼平！」

我停下來，大聲叫道。

遼平也停下腳步。

「欸，你不問我是和誰再婚，是什麼時候再婚的嗎？」

我這麼問向背對我的遼平，看得出來他的身體有些僵硬。

兩人沉默了半晌。

「——為什麼？」

然後遼平發出了我幾乎快聽不見的低沉話聲。

「咦？」

我惡聲惡氣地反問。

註17：日本於一九三六年2月26日發生的政變。

遼平突然一骨碌轉身，氣勢洶洶地瞪我。

那強而有力的目光讓我不由自主畏縮。

「為什麼——為什麼妳完全沒有先跟我說一聲，也什麼都沒有對我說就再婚了？我是俊平的父親耶！」

他的眼球充血，臉色慘白。

很少看見他情緒這麼激動。

我被他話聲中的悲痛震懾住了。

「——這就是原因啊。」

「咦？」

這次換遼平反問。

「這正是我再婚的原因。你應該也明白的吧？就是因為你是父親，而我是母親。所以我們才會離婚，所以俊平才需要另一個父親。」

遼平蒼白的臉孔瞬間漲得通紅，但最終又慢慢退得沒有血色。

看著他的我，臉色大概也一樣慘白吧。

兩人一起啞然失聲。

景。

沒錯——而且恐怕我們也很清楚，此刻彼此腦海中，都正浮現著相同的光

契機究竟是什麼呢？

不對——我們是從什麼時候開始注意到了那件事？

當年要結婚時，我們並不是全然沒有畏懼，身邊的長者也不是沒有提醒過我們該擔心的事情，但當時的我們完全不以為意。畢竟年紀太輕，最主要是因為相愛的兩人太衝動盲目。再者，堂表親與親戚之間通婚是身旁相當常見的例子，過去甚至還很鼓勵大家這麼做。

但其實仔細想起來，那也是很久以前的事了。

沒有例外地，我們一族也漸漸走向少子高齡化。因為遺傳因子變得太過均一，所以近年來族人開始建議大家多與一族以外的人通婚。

我還聽過一種傳聞。

據說在「兩邊都是族人」的情況下出生的孩子，經常會出現「問題」。至於

是什麼樣的「問題」，因為每個個案都不相同，所以無法一概說明。

但是，我們還是認為這和我們沒有關係。

在熾熱的情感中，天真的我們只看得見彼此，對於僅有兩人的世界高興得忘乎所以，只是一味歌頌著人生的春天。懷了俊平，在他誕生到世上的那個時候，我們真的是全世界最幸福的人。

我想是在俊平兩歲以後，那件事才開始浮現到檯面上。

在那之前，我們都只是心想嬰兒本來就會哭，不曾深入探究。

但是，我想我和遼平恐怕早就注意到了。

這孩子哭的方式很奇怪。

在那之前，也已經依稀有所察覺。

每當我和遼平發生爭吵，俊平都會在非常剛好的時機嚎啕大哭起來。

其實這也不是什麼稀奇的事情。小孩子只要察覺到火爆的氣氛，或在壞天氣時聽見雷鳴，當然都會不安哭泣，也能敏銳地感應到不尋常的氣息。

但是，俊平的情況又有些不太一樣。

甜蜜的新婚期和剛為人父母的幸福時期一過，接著面對的便是今後漫長的人生與現實。然後，我們開始慢慢出現了分歧。

而且主要都與我們的「工作」有關。

但當然，這並非是婚後才有的情況。

既然我們生來就身在這樣的一族，身在這樣的世界，沒有人會從來不去思考自己的命運、關於這個世界的變異，還有今後的應對吧。

所以，這既不是我們有能力解決的問題，也是無可避免的議論，但是日復一日同住在一個屋簷下，我們還是一點一點地像齒輪偏離了軌道般出現分歧，例如認知開始出現差異，對於人生有不同的定位。

雖然在那之前也曾和遼平討論過，「這孩子哭的時機抓得還真剛好」，但是一直到那一天，我們才明顯察覺到異樣。而那天的情景，我至今仍歷歷在目。

如今已經記不得當時是在討論哪一件事了。

關於工作的方式、對菸草屋坐鎮指揮心生的不滿等等，都是長年來反覆談論過，卻也無法馬上解決的問題，但那一天我們格外凝重地討論了很久。我想多半就是在那個時候，我們才第一次觸及了根本上的問題。

我們究竟要持續做這份工作到什麼時候？

具體而言到底要怎麼做？

有沒有不做的選項？

往常我們都是在討論了很久以後，便開始鬼打牆而感到疲倦，但那一天有些不同。我們討論得越久，越覺得我們所居住的世界其實是個又深又暗的沼澤。進而產生了一種預感，覺得那個沼澤正在慢慢擴大，侵蝕日常生活，最終會連同世界一起被吞沒進黑暗裡。

當時，我們是在討論著恐懼。

俊平在遠處自己一個人拿著積木在玩。

在眼角餘光中，我注意到他變得很安靜。我心不在焉地看著他面向積木，出神地無力坐在原地。

然後，他無預警哭了起來。

我和遼平驀然回神，一起看向他。

他的哭聲很奇怪。喉嚨深處像是痙攣了，還像竹笛一樣發出了「咻——」的笛音。

但他確實是在哭。

我和遼平瞬間對望。

同時感覺到了某種異狀。

「俊平？」

我們同時叫喚兒子。

他嬌小的背部猛然挺起來劇烈抖動。

然後下一秒，俊平往前彎腰吐了。

某種黑色物體被他吐到了積木上，發出了匡咚匡咚的聲響碰撞在一起。

「俊平！」

我們兩人焦急地跑向他。

俊平劇烈地嘔吐了一會兒後，大概是東西吐出來舒服多了，看向我們的時候表情十分呆滯。

然而，看了俊平吐出來的東西，我們兩人都動彈不得。

散落一地的東西是子彈。

「這是……什麼？」

遼平表情僵硬地低頭檢視那些子彈。

怎麼看那都是裝在手槍裡的子彈。

而且，年代還非常久遠。

「他什麼時候吞了這些東西？」

「怎麼可能。今天從早開始他就一直在這裡，除了早餐以外什麼都沒有吃。」

在那個當下，我想起了一件奇妙的事情。

是小時候親戚告訴過我的異聞。

聽說某天有個小男孩在學校上課的時候，突然吐出了大量的水。而且驚人的是，他吐出的全是水草和小魚等只會在河川裡出現的東西。

大家手忙腳亂照顧那個小男孩時，家裡人打了電話到學校。

原來是小男孩的弟弟掉進附近的水渠裡溺死了。但不知道為什麼，哥哥吐出來的，似乎就是弟弟吞下去的那些東西——

我直覺認為自己的聯想是對的。

這孩子吐出來的東西一定是——

當時的我並不敢將腦中的想法付諸言語。遼平也是。他想必也直覺想到了和我一樣的事情。

但是，我們太害怕了，也不想承認。因為我們心裡明白，一旦承認了這件事，我們會再也支撐不下去。

我們只是就此結束了討論，緊緊閉上嘴巴，默默收拾俊平吐出來的東西。俊平則是若無其事，什麼事也沒發生過般繼續玩耍。

我們有一段時間沒再提起過那個話題。

俊平也平安健康地成長茁壯。

但是——那個話題卻是想避也避不了。

因為某些原因，我們又吵起來了。

我想是在完成「工作」以後回到了家。因為又遭遇到了可怕的事情，我們把內心的煩躁發洩在彼此身上。

然後，俊平再度在房間角落嘔吐起來。

我們悚然心驚地看向他，發現他杵在原地，翻著白眼。

我們甚至忘了跑向他，僵硬得無法動彈。

他的喉嚨深處再度發出了笛音般的聲音。

風吹般「咻——」的奇妙聲音。

俊平好像想把什麼東西吐出來，卻沒有辦法吐出。

他全身劇烈抖動，大力抽搐搖晃。

我和遼平一步也不敢動地望著兒子。

緊接著，我們看見了難以置信的光景——從他的嘴裡，有著五根手指的男人的手，正要從裡頭伸出來。

從俊平張大的口中，男人的手正在慢慢伸出——

「Gunka」

我的腦筋變成一片空白。

有「Gunka」要從兒子的體內跑出來。

這怎麼可能。難道在兒子體內出現了「裂縫」嗎？

「俊平！」

我和遼平同時大叫，衝上前去。

於是俊平打了一個嗝，露出回過神來的表情，癱坐在地上。

手已經消失了。

我和遼平一起抱著俊平，窺看彼此的臉色。

剛才看見的東西。從俊平體內出現的東西。

我們在彼此的眼中證實了，那是現實。

一切已經不容懷疑。

兒子會對我們的憤怒和負面情感產生反應，尤其是「工作」方面上的恐懼。產生了反應後，他就會召喚異次元的「他們」，來到自己體內——

在「兩邊都是族人」的情況下，生下的孩子衍生的「問題」。

我們再也不得不承認，自己在這一刻親眼見證了這項事實。

自那之後，我們就生活在恐懼當中。

我們盡可能不起口角，也盡可能不提起那個話題。

只要我們兩人不與兒子待在同一個空間裡，就可以相安無事；只要我和俊平，或者遼平和俊平兩人單獨在一起，也不會出現異狀。

但是，只要三個人在一起——

一想到那種東西不知何時又會從兒子體內跑出來，明明該是一家和樂的場面，我卻驚懼得喘不過氣。

冷靜下來。

冷靜下來。

只要我們冷靜下來，和平相處，就什麼也不會發生。

我這樣提醒自己，但越是這麼做，反而越是容易疑神疑鬼，也越容易對遼平產生負面的情緒。

遼平的情況恐怕也和我一樣吧。

我們一直繃緊了神經，待在家裡時，不安也始終盤繞不去。

無論在肉體上還是精神上，我們都變得疲憊不堪。

久而久之，我們漸漸避免與對方同時出現。

其中一個人會外出，另一個人就留在家裡。

形成了這樣的生活模式以後，對話也減少了。我們也不再眼神交會，開始躲避對方的存在。

如果能夠分居，也許還不至於離婚吧。

但是，既然無法三個人一起生活，婚姻還有意義嗎？

死心與絕望在兩人之間扎了根，最後得出的結論，就是在那張紙上簽名。

「這件事我們誰也無能為力，也不是任何一方的錯。但因為我必須撫養俊平長大，所以才再婚了。」

遼平眼中的怒火已經消退，轉變成了無奈的看開。

「還有，我也會辭掉這份『工作』。我想像平常人一樣撫養俊平，也不會讓他來做這份『工作』。」

遼平吃驚地望著我。

「不讓他做這份『工作』？這可能嗎？」

「不知道。但是，我是這麼打算。」

「就算妳是這麼打算，但俊平自己不會把他們吸引過來嗎？那要是讓他遠離『工作』，他又沒辦法保護自己，反而很危險吧。」

「這點我會想辦法。我會教他怎麼保護自己，也在安排了。」

沒錯，我不希望俊平遇上這些可怕的事情。

遼平用手抹了抹臉。

「我也想保護俊平啊。如果可以讓他不用接近那個世界，我也想這麼做。可是，現在這世界一天比一天更動盪不安，這真的有可能嗎？」

遼平沒有針對任何人，用軟弱的聲音這麼問著。

視線在空中游移。

「我最近在想啊……說不定那個孩子，才是可以對抗日漸壯大的『Gunka』的下一代希望。」

「不要說了。」

我摀住耳朵。

「我不想聽這種話。我不想把那孩子捲進這麼恐怖的世界裡。」

「可是，他們還是會出現啊。這幾年來他們已經變得越來越強大，光靠我們快要壓制不住了，這點妳明明也知道。」

我無法回答。

我知道。可是、可是，我——

不知何時，我們腳步蹣跚地再度回到了六本木十字路口。

首都高速公路的隔音牆上貼著「ＲＯＰＰＯＮＧＩ」這行字。

潮溼的風迎面吹來。

不經意仰起頭，發現天空一片灰暗，好像隨時會滴下雨來。

「看樣子會下雨吧。」

我出神地咕噥。

「是啊。」

遼平也嘀咕道。

我們兩人唯有疲憊的感覺可以共享。

忽然間，有什麼在發著光。

「嗯？」

遼平也注意到了。

白色的「ＲＯＰＰＯＮＧＩ」文字正發著白光。

「咦？」

我錯愕大叫。

緊接著，字母「Ｏ」飛了起來。

背對著梅雨季節漆黑的雨雲，「○」發出了耀眼光芒。

然後「○」不停旋轉，不知不覺間竟然還增加了。

增加成了五個後，「○」旋即重疊在一起，排組成了那個常見的符號。

「奧林匹克——？」

我們兩人互相對視。

這是怎麼回事啊？

下一瞬間，刺眼的光芒亮起。

「哇！」

我們不禁把手舉到眼前。

「那是什麼？」

我瞇著眼睛從指縫間望出去，看見了長條狀的強烈亮光。

首都高速公路那一整面的白牆全閃耀著白光。

「難道首都高速公路……」

我的思考陷入停擺。

在首都高速公路發出光芒的同時，我的腦袋好像也變成了一片空白。

無法接受眼前的景象。

怎麼可能、怎麼可能，不會吧。

難不成，這道光芒是——

遼平傳來含糊的話聲。

「這些全部，都是『裂縫』嗎——？」

彷彿聽見了這一句話，光芒倏地消失，隨之出現了漆黑的「裂縫」。

「Gunka」不約而同從中一躍而下。

數之不盡的大量「Gunka」一個接著一個跳下來，動作俐落地開始整隊。

才一晃眼，馬路已經被整片的「Gunka」占據，他們排成了整齊的隊伍後，開始大步行進。

一整面的卡其色。

到處都有旗手站在其中，揮舞著旭日旗。

整齊劃一的腳步聲和他們發出的歡呼聲，讓我聽不見其他聲音。

這是「Gunka」奧林匹克運動會的——入場行進隊伍嗎？

我們一步也動不了，就和有手要從俊平口中伸出來那時一樣。

兩人就這麼站在十字路口上動也不動，只是茫然望著從容走過的「Gunka」隊伍。

「Gunka」完全無視於我們。明明以往都會成群結隊朝我們襲來，今天卻像是絲毫沒有留意到我們的存在。

這個世界已經是屬於他們的了——不對，他們就是世界本身嗎？

突然間，隊伍停下腳步。

他們以一絲不苟的動作戛然停下。

隨之是悄然靜寂。

緊接著，隊伍傳出了漣漪般的陣陣喧譁，他們才又動作生硬地繼續移動。樣子有點奇怪。他們像是慌了手腳，顯得很不安，看起來很沉不住氣。

他們都在看著什麼。

他們的目光停駐在了某樣事物上，指著那邊。

「他們在看什麼？」

「呃，我也不知道。」

我們踮起腳尖，想看到他們對面的東西，但因為人數太多，完全被擋住了。

「我們繞到另外一邊吧。」

看向遼平指著的方向，只見隊伍在該處剛好出現了空隙。

兩人朝著那裡狂奔，從隊伍間的空隙往另外一邊看去。

「咦！」

「那是——」

遠遠地正前方是東京鐵塔。

紅色的高塔直直沒入烏黑雨雲。

遠方轟隆轟隆地傳來雷鳴。

在馬路正中央，有道小巧的人影。

四周沒有半輛車子，也沒有半個人。

大白天六本木的十字路口上空空蕩蕩，只有那道人影站在馬路正中央。

對方不疾不徐地朝著這邊走來。

我們大吃一驚。

同時，也看出了那個人是誰。

「俊平！」

接著，異口同聲大喊。

「Gunka」們發出了益發吵雜的喧嚷聲。他們全都看向那名年幼的少年，指著我們的兒子。他們對我們的兒子產生了反應。害怕著他。

少年緩緩地朝向這裡走來。

「俊平。」

我再一次低喊。

彷彿這是我第一次呼喊這個名字。

走到斑馬線後，少年停住了腳步。

『沒事的。』

宛如就在耳邊輕喃，我清清楚楚地聽見了這道聲音。

而後，他朝著「Gunka」與我們，露出了如神一般的滿面笑容。

完

※本作純屬虛構，與實際存在的人物、組織、團體及人名等一律無關。

※本書當中的詩是引用了收錄在《風的詩集》（三木卓・川口晴美編／筑摩書房）中克里斯提娜・羅賽蒂（Christina Rossetti）的〈風〉（Who has seen the wind?）（西条八十譯）。

KADOKAWA 文學放映所 103

代體

發售中 **定價：399 元**

山田宗樹◎著
鄭曉蘭◎譯

能讓抽出的意識暫時進駐的人工肉體「代體」，正隨意識轉移產業的發展而急速普及。在此情況下，正在使用代體的男子無故失蹤，後來卻在谷底發現其殘破的身軀，那他之前被轉移到代體的意識，到底去了哪裡……生存於此的人們之欲望、糾葛、絕望與希望……

國家圖書館出版品預行編目資料

遺失的地圖 / 恩田陸作 ; 許凱倫譯 . --
一版 . -- 臺北市 : 臺灣角川 , 2018.09
面 ; 公分

譯自 : 失われた地図
ISBN 978-957-564-460-4(平裝)

861.57 107012031

遺失的地圖

原著名＊失われた地図

作　者＊恩田陸
攝　影＊KOSHI MATSUMOTO
譯　者＊許凱倫

2018年9月25日 初版第1刷發行

發 行 人＊岩崎剛人
總 經 理＊楊淑媄
資深總監＊許嘉鴻
總 編 輯＊呂慧君
主　編＊李維莉
美術設計＊邱靖婷
印　務＊李明修（主任）、黎宇凡、潘尚琪

台灣角川

發 行 所＊台灣角川股份有限公司
地　址＊105台北市光復北路11巷44號5樓
電　話＊（02）2747-2433
傳　真＊（02）2747-2558
網　址＊http://www.kadokawa.com.tw
劃撥帳戶＊台灣角川股份有限公司
劃撥帳號＊19487412
法律顧問＊有澤法律事務所
製　版＊尚騰印刷事業有限公司
I S B N＊978-957-564-460-4

香港代理＊香港角川有限公司
地　址＊香港新界葵涌興芳路223號新都會廣場第2座17樓1701-02A室
電　話＊（852）3653-2888